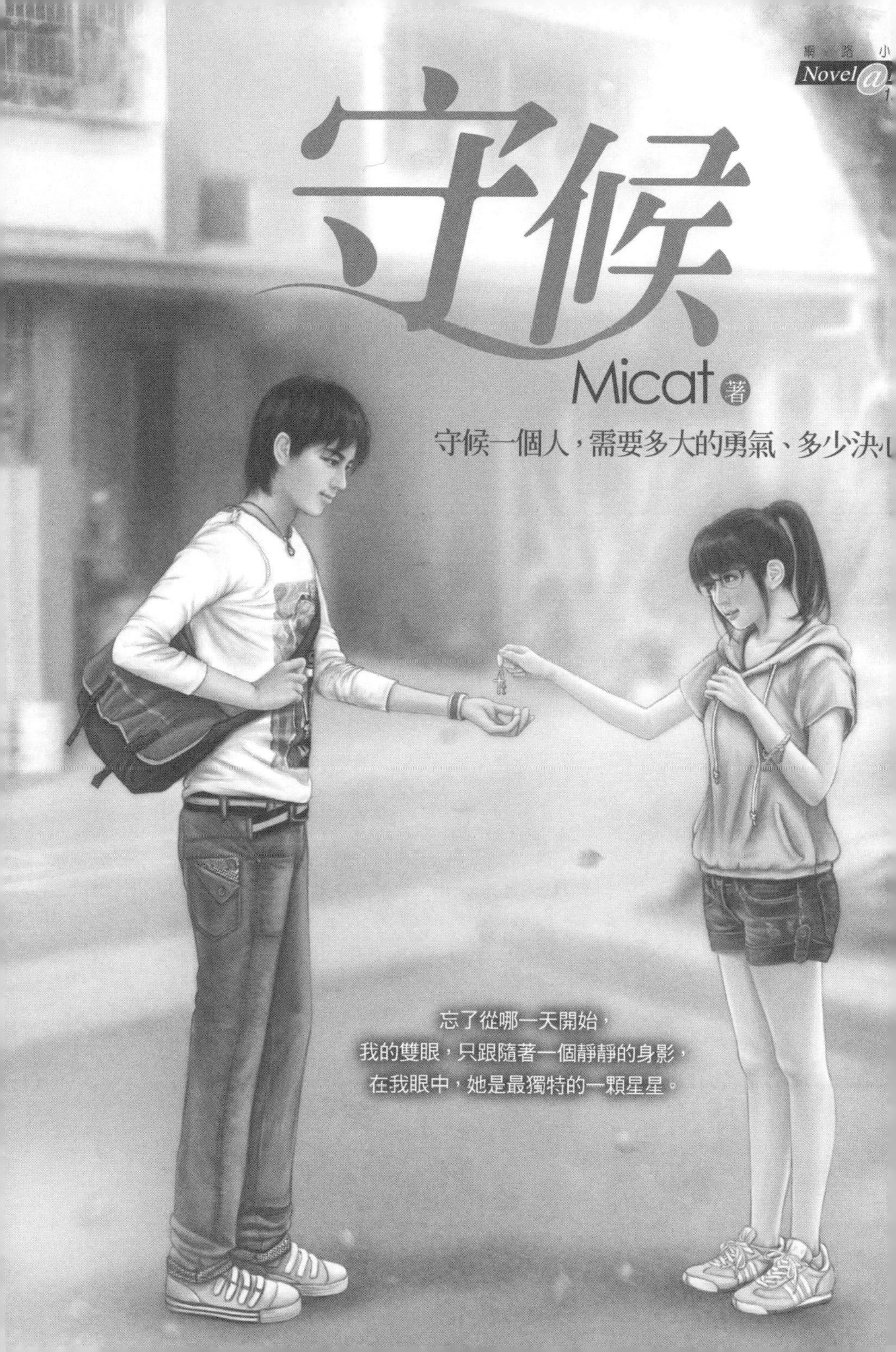
網路小
Novel@
守候
Micat著
守候一個人，需要多大的勇氣、多少決心
忘了從哪一天開始，
我的雙眼，只跟隨著一個靜靜的身影，
在我眼中，她是最獨特的一顆星星。

—序—

靜靜地守候

你是個活潑還是個內向的人呢？在公共場合發言的時候，是大大方方的，還是會緊張到發抖的？如果你也正巧和故事中的陳以星一樣害羞內向，那麼，你是否也正好像以星一樣，是個超級沒有自信的人呢？

也許不是絕對，但我總覺得，大部分的人的身體裡，好像都存在著一個陳以星。在寫這個故事時，我甚至常常會想，如果陳以星這個名詞在某種程度上代表了害羞、沒自信，然後又可以設計轉化成某種量表的話，我又會在這個量表中拿到幾分？

從前的我並不是個很有自信的人，所以在設定以星這樣的角色時，其實有些情況是在描寫我自己的，上台時會緊張、人多時心跳會加快，在不熟的人面前可能也擠不出半句話……總之大部分的時候，我是退縮而缺乏勇氣的。不過幸運的是，我的家人始終陪在我的身邊給我鼓勵，朋友們也總是給我很大的信心，就像故事裡的以星遇到了淨霞這個好朋友，然後遇到了願意陪在她身邊，守候著她的關子淼一樣。

序

正閱讀著這篇序的你，身邊是不是也有這樣一個人，默默地守候著你，默默給你鼓勵？或者你其實正勇敢地守候著另一個人呢？不管現在你正扮演著哪一種角色，將來回想起來，我想都會是甜蜜而且深刻的一個過程吧！

最後，邀請你一起進入這個故事，這個關於守候，關於陳以星和關子灤的故事！

最後的最後，當然還是要在這裡，謝謝大家了！

Micat

1

引人注目的人，我想永遠是引人注目的。

這樣的人，好像總能散發出一種讓人不經意多看一眼的氣質，不管去到哪裡都是。

就算走在摩肩接踵的菜市場，就算走在需要排隊排上一個多小時，人潮擁擠的小吃攤前，就算只是隨便穿件短褲，或者只是穿藍白拖鞋，甚至連半句話都不用說，總之這種人身上好像就是有一種魅力，能夠在最短的時間內輕易抓住別人的目光。

關子灤和阿飛，我的同班同學，就是那種被我歸類在「引人注目」的那個象限裡。

有時候我會想，不知道是不是因爲那個小插曲，才讓我開始注意到關子灤，但後來我發現，就算沒有那次的相遇，他在我心目中的定位，還是一樣「引人注目」。

爲什麼？不知道，只能說，引人注目的人，總能散發出引人注目的氣質。

不像我，是個標準的路人甲。

戴著厚厚鏡片的眼鏡，還有一頭因爲層次打得太薄，加上長得慢，總是需要常常修剪再修剪，費好大的工夫才能紮起服貼馬尾的頭髮，此外，我的長相一點也不特別，沒有水汪汪的大眼，沒有甜美可愛的笑容，個性方面不僅沒有姊姊外向活潑，還異常地內向害羞。

所以我就是標準的路人甲，和那種能引人注目的人完全不同。

扯遠了，我想講的其實是和關子濼的相遇才對。

剛確定考上這所大學之後，爸媽就已經幫我找好學校附近的小套房。他們因爲工作而必須出國一趟的關係，便在新生報到前的兩個星期，提早送我到學校附近去熟悉環境。因此，在大部分新生和舊生才陸陸續續回到學校的時候，我其實已經在這陌生的環境生活了將近兩個星期。

到大學就讀，是我第一次離鄉背井，也是第一次離開爸媽的羽翼在外生活。我記得那時候因爲還沒開學，學校附近的店家沒幾間營業，在那不長不短的兩個星期裡，便利商店就成了我的好朋友，是我三餐的最佳供應源。

和關子濼的相遇的小插曲，就是在那時候發生的。

有一天，飢腸轆轆的我到便利商店覓食，等待便當微波的時間裡，我一如往常地在店裡東晃西晃，看看有什麼新奇的新產品時，我伸手拿了廣告打得正紅的一包洋芋片，結果沒想到臨時架上大包小包的洋芋片全部一起掉了下來……

最後，糗到不行的我只好努力忽略旁人的眼光，假裝若無其事地把洋芋片撿起來。當時，正好在一旁選好了飲料的關子濼慢慢地走到我身邊。雖然明顯地皺起了眉頭，但仍二話不說地幫我把洋芋片一包一包排回架上。

依照我不擅與陌生人交談的個性，在這種困窘的情況下當然連正眼都不敢瞧他一眼，唯一想到的就是想鑽進地洞裡。不過基於禮貌我還是對他說了聲「謝謝」，他也只是點點頭，用低沉的嗓音說了聲「小心一點」之後，便拿了他的飲料到櫃檯結帳離開。

後來再遇到關子淼，就是新生訓練那天了。

我很意外，這位在便利商店好心「搭救」的善心人士，竟然是我同班同學。

我承認，在新生訓練之後，我的目光就會有意無意地繞著他轉，然後，這種一開始不自覺觀察的行爲，一直到升上了大二的現在，似乎自然而然地成了一種習慣，而且我總是很自動地搜尋他的位置，像磁鐵的S極從不會有例外地被N極吸引那樣。

關子淼和班上的男生都處得不錯，其中和本名陳易沖但綽號叫「阿飛」的男生最好，他們兩個從大一開始，就分別擔任班上的公關和康樂股長，一直到這學期還是一樣高票當選。

他們都是班上活躍的人物，不過根據我的觀察，發現兩個人的個性似乎並不太一樣。

阿飛愛耍寶，常常爲班上製造很多笑點，是炒熱班上氣氛的重要角色。至於關子淼，個性則沒有阿飛這麼外放，也不像阿飛這麼常在班上代表發言，而且我發現，他和幾個同學聊天時，好像也很少主動說話，大多只是微微笑、點點頭，以表示他的禮貌。

一開始，我曾以爲關子濼個性和我一樣安靜內向，甚至是個怯於在公共場合中說話的人，那時我誤以爲他是被陷害才當公關的，在心裡還偷偷同情他，但後來在他和阿飛一起舉辦的迎新party中，看見他在台上主持絲毫看不出任何怯場或害羞，我才發現他不是害羞，也不是內向，在某些場合裡，他很少主動說話，不過這種「很少主動說話」的情況，又好像……嗯，我也不知道該怎麼形容，總之，我確定跟我這種安靜的個性不一樣。

因此，在那次之後，我才確定，他和在不熟的人面前連說話都要鼓起好幾次勇氣的我，不一樣。

2

「一、二、三……」台上的通識課老師用細細的聲音數著教室裡舉著手，包括我在內的同學。「那就請這八、九位還沒分組的同學，趁下課時間找一下組員。」

說完，始終保持著笑臉的通識老師踩著高跟鞋走出教室。原本還很安靜的教室，先是有了討論的聲音，然後慢慢地被喧嘩所取代。

我輕輕地嘆了一口氣，看著老師寫在黑板上分組報告的評分標準中，佔了百分之七十的口頭報告那一列，我簡直像一顆洩了氣的氣球，完全提不起勁。

從小，對於上台這種事，本來就內向的我總是有一種莫名的恐懼。在能避免的情況下，我打死都不上台，不過在那種非得上去不可的時候，我還是會硬著頭皮上去，故作鎮定地講完該講完的話，但講台後的雙腿卻總是不聽使喚地發抖著，然後把笑話講得嚴肅到讓人笑不出來，把心得感想之類的分享，說得像在宣傳教義般地正經。

唉……爲什麼這堂課的口頭報告要佔這麼高的分數比例？但現在要退選好像也來不及了。

心裡抱怨的同時，我低下頭，才發現因爲不知該找誰同組而煩惱的自己，竟然在老師說話的時候，焦慮到不自覺地在筆記本上寫下N個「分組」兩個字。

從前聽高中的老師說過，大學是個很奇妙的地方，有些人的個性甚至會因爲上了大學，接觸更多的人事物而有所改變，所以我原以爲上了大學之後的自己也會變得不一樣，就算沒能變得像姊姊那麼外向活潑，但至少不會在面對陌生的環境時感到困窘。可是現在我卻發現，明明已經升上大二，經歷了大一精彩生活整整一學年，我卻仍然被這沒用的性格左右。

算了，還是認命地先解決這次的分組危機吧！

抬起頭，正想搜尋組員時，意外發現我的座位前不知道什麼時候已站了三個男孩，一位是我們系上C班的同學，另外兩個人竟然是關子滐和阿飛。

「和我們同組好了。」關子滐把紙放在我桌上。

「喔……」推推鼻梁上滑下的眼鏡，我毫不猶豫地點了點頭。前一秒我還在煩惱應該找誰同組，現在不但不用自己去找組員，而且其中兩位還是我的同班同學，這對我來說是再好不過的事了。

只是，爲什麼會找上我呢？

「先寫一寫吧！」阿飛抓抓他染成金黃色的頭髮。

「嗯。」沒料到他們會出現，一時不知道該說些什麼，於是我低下頭、拿了筆準備填上自己的名字，「你們……已經幫我寫好名字了？」

「所以妳只要填上學號就好。」

「喔……」

「我等一下就交給負責整理名單的同學囉！」這個C班的同學名字叫邱育亮，在大一共同科目的課堂上碰過面，大家都叫他阿亮。

「謝謝……」除了尷尬地笑之外，我想不出其他表情。爲了掩飾自己的不自在，我只好假裝把筆蓋蓋好，闔上筆記本，讓自己的舉動看起來自自然然的。

其實我真的很緊張，整顆心甚至快被納悶的情緒所塡滿，緊張是由於和不熟的人交談，至於納悶則是想不通他們爲什麼會找我同組。

「等會兒要選報告主題時，妳就挑妳有興趣的吧！」

「啊？」我看著說話的關子滐。

「妳選就好了。」關子滐似乎發現坐著的我必須仰起很大的角度看他，於是體貼地在我前面的位置坐下，微微側身面向我，「我們沒有意見。」

「難道不用討論一下嗎？」我輕聲問。

「不用。」關子滐的嘴角微微往上揚了一下。

「對啊！還有什麼要討論的？」阿亮笑嘻嘻地說，聲音和外表一樣，給人一種憨憨的感覺，「大一上下學期系上排名前五的優等生耶！我們相信妳。」

阿飛不客氣地往阿亮的肩膀搥了一下，「現在是公然在我們面前虧妹嗎？」

「沒啦！我是實話實說。」阿亮抓抓頭，這次我發現他不只是外表、聲音，連動作都看起來很憨直。

「沒有的話，就把名單交出去吧！」阿飛抓起我桌上的紙，塞到阿亮手中。

「嗯，我先拿去交好了。」阿亮拿了紙張，便往負責同學的方向走去。

而我們三個，因爲上一段話題的結束，陷入了短暫的沉默。我低下頭，希望可以趕快想出一個話題好化解這樣的尷尬。

在我想出話題之前，阿飛先開了口，「我聽淨霞說，妳沒能選到星期二那堂系上的通識課。」

淨霞是我上了大學以來，最好的也是唯一的好朋友。

我先是看著阿飛，無奈地點了點頭，再將目光移向關子灤，「你們也是因爲這樣才選這堂課的嗎？」

「不是，」關子灤搖搖頭，「我們一開始就選這堂課了，因爲星期二那堂排到最後一節課，會和我們的打工時間衝突。」

「原來如此。」我點點頭，表示了解。

我不免在心裡偷偷地想，換成是我，與其要我選擇一堂幾乎沒有認識的同學的課，我倒寧願另尋打工機會。

難道這就是性格決定命運，外向與內向的差別嗎？外向的他們會主動選擇，而內向的我只能被命運推著走，然後因爲不能和淨霞上同一節通識而惋惜嘆氣。

「難得沒看見淨霞和妳一起，搞不好會有人以爲連體嬰吵架了。」阿飛撥撥他金黃色的頭髮。

我笑了笑，沒想到阿飛竟然用了「連體嬰」這樣的形容詞。雖然這是我第一次聽到別人這樣形容我和淨霞的關係，但我其實覺得阿飛的形容還挺貼切的。

「她怎麼沒有陪妳一起來修這堂課？」關子滐問我。

「她本來想陪我的，只是她也和其他人說好要同組做報告，所以……」我苦笑了一下，因為不習慣話題繞著我打轉，於是我又對他們拋出了問句，「你們呢？既然一開始就是選這堂課，怎麼上星期沒有分好組？」

「上星期喔？」阿飛賊賊地笑著。

「上星期我們蹺課啦。」關子滐倒是很坦白。

「差一點忘了，你們是蹺課天王。」也許是被關子滐臉上的笑感染了，話一說完，我的嘴角也不自覺微微揚起了弧度。

「阿滐，老師來了！」阿飛指著站在教室門口正和一位同學談話的老師。

「嗯，既然這麼了解我們，」關子滐站起了身，出乎我意料之外地伸出手拍拍我的頭，「那這堂通識課還要請妳多多關照喔！」

我點點頭，苦笑了一下，我懂他口中「關照」，不外乎是在他們蹺課的時候幫忙掩護一下，只是我還來不及說什麼，他和阿飛就已經轉身往他們的座位走去。

看著他們的背影，我的心跳好像因爲剛剛的交談而微微加快了速度，同時發現，和他們同班邁入第二個學年以來，第一次交談這麼久。

除了他們兩個舉辦活動必須統計人數時，會來跟我確定要不要參加，再來大概就只有不小心被他們擋到路的時候說聲「不好意思，借過」，或是早上上課時，在沒得迴避而且顧及禮貌的情況下所必須講的「早安」兩個字。總之，和他們的交集根本就完完全全建立在「無可避免」的前提下。

既然交集少得可憐，爲什麼這次分組他們會主動來找我呢？是因爲同系的關係，要約時間討論比較容易嗎？但就算是這樣，老師明明說三個人一組也行，那他們三個人一組就好了，根本不必找我加入的啊。

於是，納悶的情緒又佔據了整個心頭，各種猜想不約而同地浮了上來。

我愈想愈疑惑時，突然回過神來，發現好像沒把老師的講課內容聽進幾句，而一向被我寫得密密麻麻的筆記本，也因爲不專心而空白得離奇。

3

下課前，老師特地留了十五分鐘讓我們分組討論。

「這個題目應該可以吧？」我看著眼前另外三位組員，總覺得必須再確定一次，我才能安心。

以前的報告，因爲都是和淨霞以及幾個還算熟的朋友同組，所以不論是報告的主題，或是準備的方向、工作分配，都配合得很有默契。

關子溁用他一派輕鬆的笑容回應了我，「對我們來說都沒差。」

「那，等一下你們有課嗎？」和我們不同班的阿亮先是看了他記事本上的課表後，問我們三個。

「沒。」

「那等一下先到圖書館把書借好吧。」

「嗯。」我毫不猶豫地點了點頭，因爲我正巧也有這樣的想法。書先借了比較安心，「那可以順便把報告的方向跟大綱做個簡單的討論嗎？」

「當然可以。」

「呼，你們看吧！有資優生在同一組，做起事來眞的比較有效率吧！」阿亮憨憨地笑了笑，臉上有一種得意的表情。

「是，你說得很有道理。」阿飛誇張地點點頭，有吐槽阿亮的意味在，然後隨即換了表情看著我，「剛剛本來要把名單交出去的，但因爲我們素行不良，他擔心我們老是蹺課，所以非要找妳這個資優生加入不可。」

原來如此，我剛剛的疑惑終於得到了解答。我突然覺得自己很傻，竟然會爲了這個簡單的原因納悶那麼久，想也知道，畢竟像我這樣優點少得可憐的路人甲，他們找我同組還會有什麼理由呢？

我尷尬地笑了笑，心裡好像有點怪怪的，明明疑惑得到了解答，應該釋懷才對，但爲什麼會因爲這個答案而隱隱約約有一些些失望？

難道，我心裡其實偷偷希望是因爲關子灤的提議，他們才來找我加入的嗎？但是這怎麼可能呢？我這麼不起眼，關子灤怎麼可能特別注意我呢？

突然，我又不知道該說些什麼了。

「有以星加入，當然讓人安心多了。」阿亮邊笑著邊說。

簡單的討論後，我們四個人一下課便往圖書館的方向前進，在圖書館待了一個多小時，查了相關資料，也找了幾本可以參考的書之後，另外還在圖書館前稍微討論了進行的日程才解散。

回到租賃的小套房，我抽了一本參考書目隨意瀏覽，課堂上和他們對話的經過卻浮在腦海中，連當時偶爾不知道該說什麼話而沉默的尷尬與緊張，也像約好了似地襲來。

當天晚上，我打開每天都會發文章的網誌，開始在鍵盤上敲下今天的大小事。包括通識課分組的緊張以及口頭報告引起的困擾。我不自覺地想起關子濼和阿飛說話時的樣子，以及關子濼臉上的淡淡微笑。

我在整段文字的後頭，選好了漂亮的插圖準備上傳時，我的房門「叩叩」地響了起來，是淨霞的通關密語，慣有的敲門節奏。

「淨霞，等一下喔！」網誌完成，我按下送出鍵，隨即起身幫淨霞開門。

「送消夜來囉！」淨霞還沒走進來住處，魯味的香味早飄散開了。

「好香喔！謝謝。」我連忙把和室桌上的東西放到電腦桌上，將魯味倒在免洗盤當中。

「客氣什麼啦！」淨霞抽開免洗筷上的塑膠套，立刻夾了一塊米血送進嘴裡，「快吃吧！」

「嗯。」我也拿了免洗筷，夾起一塊米血。

「對了，以星，今天的通識課還好吧？」

「還好，」我嘆了一口氣，苦笑著說：「只是光口頭報告就佔百分之七十的分數，眞令人緊張。」

「妳不是跟阿滐和阿飛他們同組嗎？」

「妳怎麼知道？」我瞪大眼睛，淨霞的消息眞靈通。

「剛剛阿飛為了活動的事打電話給我，隨口提起的。既然和他們同組，口頭的部分就交給他們啊！有什麼好緊張的？」

我聳聳肩，「一想到這個報告，我胃都痛了。」

「妳一定可以的，妳是系上有名的優等生耶！」

看著淨霞的微笑，我苦笑了一下，其實我很感謝淨霞總是這樣鼓勵我、給我信心，但我就是被這無可救藥的個性左右，而且愈是不想在意就愈在意，愈想說服自己不要緊張就愈緊張。

「別怕啦！上學期我們的社會學報告妳不是也講得很好？」

「那是因為有妳們坐在前面讓我安心的關係啊！這次通識是外系開的，除了關子滐他們和C班的阿亮之外，我也沒認識半個人，想到就覺得恐怖。」說完，我又不自覺地嘆了一口氣。

「其實我覺得妳別想太多，阿滐他們這麼活躍，上台這種事交給他們就好了！」淨霞也夾了一塊凍豆腐放進嘴裡。

「可是覺得這樣不太好意思。」

「有什麼好不好意思的？妳負責書面，他們負責上台露臉，各司其職嘛！明天我幫妳跟他們講。」淨霞的個性一向豪爽，加上她原本就和阿飛很熟，所以一聽到我的猶豫，她想都沒想地就拍了胸脯豪邁地說。

「我寫的書面他們也未必滿意，而且我跟他們又不熟……」

「想太多，」淨霞皺皺鼻頭，「妳成績這麼好耶！沒看過什麼報告難倒過妳。」

「哪有這麼誇張。」我不以爲然地看著淨霞誇張地揚起的眉毛。

「我說陳以星同學啊！不活潑沒關係，但是我還是希望妳能夠有自信一點。」

我吸了一口氣，然後緩緩吐了出來，「我盡量。」

我好像回應過淨霞千百遍的「我盡量」。儘管我很清楚我的內向有大部分是由於沒有自信的，也儘管我眞的由衷想要聽淨霞的勸，想辦法讓自己有自信一點，但這眞的眞的相當不容易。

「反正報告的事眞的別想太多啦！他們連報告的主題都讓妳選了，怎麼可能在乎這麼多，而且他們都是好相處的人，不會拐彎抹角的。」

「嗯……」我想是吧！在我點點頭的同時，關子渁和阿飛的笑臉彷彿再次出現在我眼前。

「對了，下個星期我就要開始去熱舞社囉！真的不考慮和我一起去參加喔？」

我毫不猶豫地搖搖頭。雖然和淨霞一起參加社團肯定很有趣，可是想到要在一群人面前跳熱舞，我還是跨不出勇敢的那一步，「妳去就好了。」

「真的不要嗎？」

「嗯。」我再夾了一塊豆乾，呼呼地吹了幾口氣後放進嘴裡，「妳去就好。」我又強調了一次。

4

因爲總是沒信心能夠臨時抱佛腳地把事情做得完美，所以考試前會一再複習要考的範圍，也不喜歡把報告或是作業拖太久，已經是我處理課業時的一貫態度。

每次當我因爲報告而緊張兮兮，拖著同組的組員和我一起開始著手時，淨霞就會在一旁笑我，說以我的程度根本不用這樣擔心，而且大學生活本來就該好好享受，不該像高中時被升學壓力綁得太緊。

看身邊同學悠哉悠哉的樣子我也很羨慕，但我卻還是會因爲不放心臨時抱佛腳而提早進行。

但是這次，我還沒發出「開始討論」以及「著手進行」的宣告，隔壁班的阿亮就已經積極到把之前從圖書館借來的書帶到課堂上，邊聽課邊閱讀，然後利用下課時間跟我分享他的收穫。

「以星！」老師一走出教室，阿亮就拿著書往我的座位走來，開心地揮了揮手。

我禮貌地點了點頭，從思考裡回過神來。

「妳在發呆喔？」

「算是吧！」我尷尬地笑了笑，其實我不是發呆，只是在想爲什麼關子淅和阿飛還沒有來上課。

今天一早，我就接到阿飛傳來的簡訊，要我幫他跟關子淅佔位置，現在已經上完了第一節課，卻還是沒看見他們的蹤影。

「對了，剛剛看了一個章節，妳覺得潘金蓮……」阿亮翻開那本書，像考試般地問我。

我尷尬地笑了笑。

「那妳覺得……」

「啊？」

「以星，妳是在找什麼嗎？」

「喔！沒有……」我連忙把投向教室門口的目光移回阿亮臉上，「呵！我還沒開始看耶！」

阿亮也笑了笑，同樣有一點尷尬，「喔！我還以為妳已經開始看了。」

我搖搖頭，「還沒，只是隨意翻了幾頁，然後……」我止住了話，把「然後就一直回想和關子淥的對話」的吞進去。

在這個當下，因為自己的欲言又止，我發現自己似乎總是有意無意地將注意力擺在關子淥身上。

「然後什麼？」

「然後就不小心睡著了。」我撒了個謊。這句台詞，我是從淨霞那裡抄襲來的。每次我問淨霞考試範圍念完了沒，她就會這麼回答我。

「原來，我還以為成績好的同學不會被瞌睡蟲打敗耶！」阿亮抓抓頭。

我搖了搖頭。

「你們不會是在討論報告吧？」阿飛遠遠地走來，笑笑地看著我和阿亮。

「呃……」

「我正好有帶書過來，想問問以星對於幾個角色有什麼看法。」阿亮又抓了抓頭，剪齊的劉海整齊服貼地掛在額頭上。

「看來我們兩個要努力，才不會成爲老鼠屎呢！」阿飛一樣掛著大大的笑容，坐進我旁邊的位置之前，還用力地用肩膀撞了闕子灤的肩。

「知道就好。」闕子灤瞥了阿飛一眼，然後將手裡拿著的一瓶綠茶放在我桌上，另一瓶遞給阿亮。

「謝謝。」我邊說邊把我前面位置上的包包拿了起來，「你坐這裡吧！」

「謝謝。」闕子灤將包包放在桌上，很快地坐了下來。

「我還以爲你們不來了。」

「是本來有這樣打算，只是阿灤說請妳佔了位置，不好意思。」

因爲阿飛的話，我轉頭看向闕子灤，還因此迎上了他的目光。我尷尬得急忙低下頭，將綠茶插上吸管，喝了一口。

然後，不知道怎麼搞的，我突然想起第一次遇見闕子灤的畫面。

當思緒在瞬間和記憶巧妙地疊合，記起和他在便利商店的短暫相遇，我赫然發現，原來自己注意這個叫做關子淼的男孩，已經有這麼久的時間了。

5

「這個星期，要開始閱讀自己的參考書目，要把重點記一記，下次上課時討論一下。」我看著行事曆上的日期。

「嗯，下次分配工作。」阿亮認眞地在自己的記事本上記下。

「我會順便把參考書目帶過來。」關子淼淡淡地笑了笑。

「嗯。」我點點頭。

「那就這樣囉！我們走吧！」阿飛背起背包，對著我和關子淼說。似乎因爲看見我臉上的驚訝，他又補充了一句，「妳不會忘了等一下的班會吧？」

「沒有，」我用笑回應了阿飛，然後指著行事曆上「臨時班會」四個字，「只要記下來就不會忘的。」

「妳都有記行事曆的習慣喔？」

「對啊！這樣有個做事的規則，也比較不會忘東忘西的。」我推推滑下來的眼鏡，其實會養成這樣的習慣，不是因為記性不好，而是我比較喜歡按照計畫行事，這可是讓自己比較有安全感一點。

「是啊！我也這麼覺得。」阿亮點點頭，臉上滿是贊同。

「啊！時間快來不及了，我們走吧！」阿飛看了腕上的手錶一眼。

「走吧！」關子滐看著我，揚了揚眉。

「喔……」把桌上的東西收進包包後，我跟著阿飛和關子滐站起身，「阿亮，我們先走了。」

「好！下次見。」

於是，我隨著他們走出教室，跟在他們後頭，往開會的教室走去。

走了一小段路，關子滐用他低低的嗓音問：「妳一定要走在我們後面嗎？」

「啊？」我連忙停下腳步，差一點撞上關子滐的背。

「這樣很像小孩子跟著大人逛街，小心跟丟喔！」阿飛瞇起了眼睛，開玩笑地說。

「呃……」不知道該回應什麼，所以我只好又露出尷尬的笑。

關子滐哈哈了兩聲，然後轉過身來看我，「我發現妳有一個不知道該不該說是口頭禪的習慣。」

「什麼？」我抓抓頭，既有點納悶也好奇關子溁所指的是什麼。

「每次妳不知道該說什麼的時候，就會『呃』一聲，然後臉蛋漲紅。」

「有喔？」我尷尬地拍拍自己的臉。

「有！超明顯的。」阿飛攤開手，認眞地搭了腔，「超明顯的。」

「眞的有嗎？」

「這幾次看起來，是這樣沒錯。」關子溁臉上又浮起了那淡淡的笑。

「沒錯沒錯，」阿飛猛點頭，瞇起眼睛開玩笑地消遣我，「不會是因爲在喜歡的人面前才這樣吧？」

「我沒有，眞的……」我揮了揮手，試圖撇清這天大的誤會。

「咦？對喔！我先前怎麼沒想到，」阿飛煞有其事地瞇起了眼，「我們班的資優生寶寶難道喜歡我們的蹺課天王關子溁？」

「沒……」我嚥了一口口水，「眞的沒有啦。」

「妳看妳看！又害羞了。」阿飛伸出食指在我面前指著，看起來好像把這樣的消遣當成樂趣。

「眞的沒有。」

「那爲什麼臉愈來愈紅了呢？」這一次，阿飛捏了一把我的臉。

「眞的沒有啦！」我的手還是停不下來地猛揮著。

「別理他，他就愛亂開玩笑。」關子湶帶著笑。

「喂！我只是合理猜測啊！」阿飛臉上換上誇張的表情。

「好！你就繼續你的合理猜測，只是你別忘了，這學期通識課還要拜託以星多多照顧，你再亂說話，到時候得不償失的可是自己啊！」關子湶聳聳肩，攤了攤手。

「對喔！我差點忘了。」阿飛敲了敲自己的頭，一副很後悔的模樣。

「哈！我們走吧！」關子湶伸手，輕輕地碰了碰我的肩。

「嗯。」我點點頭，因爲關子湶的解圍而鬆了一口氣。

然後，我快快地走在關子湶的左手邊，和他並肩繼續往教室走去，留下在後面大叫著「等我一下」的阿飛。

6

阿飛正在黑板上寫著幾個聯合班遊的提案，台下的同學開心地討論著。和我們合辦班遊的外系班級，聽說是標準的帥哥美女班。

「說真的，剛剛妳跟關子滐他們一起走進教室時，看見佳容她們臉上種吃味的表情，心裡有夠爽的。」淨霞比了個勝利的手勢，還眨了眨右眼，一臉打了勝仗的表情。

淨霞和佳容以及佳容的另外兩名死黨，好像天生不對盤似的，從大一開始就互看對方不順眼。後來有一次，佳容當著淨霞的面，半開玩笑地說我的黑框眼鏡實在有點「鄉下」時，淨霞為了挺我，直接拍桌和佳容嗆了起來，因此種下了彼此不兩立的開端。

每次提起淨霞和佳容的恩怨，我總是滿滿的歉意。不過她都要我別想太多，她說她跟佳容本來就不怎麼對盤，和我一點關係也沒有。

「有嗎？」我把又鬆了亂了的馬尾重新綁好。

「哪沒有！我看她們心裡應該嫉妒死妳了吧！」

「呵！」我笑了笑，「哪這麼誇張？」

「是妳沒注意到，」淨霞皺皺鼻子，「她們啊！我看……」

淨霞的話還沒說完，和阿飛一起站在台上的關子澡開口說話了，「一共有四個提案，大家先想一想，有什麼問題可以提問，之後進行表決。」

班上同學的討論聲不約而同地靜了下來，話說到一半的淨霞，也往台上看過去。

「這次活動請大家踴躍一點，基本上希望全班都能參加，如果眞的有事沒辦法參加，也請你們在這個星期之內告訴我一聲。」

我對這種事一向不熱中，看了一眼台上的阿飛，然後不自覺地又偷瞄了關子澡，雖然班上同學看起來對這次的活動都很感興趣，不過我還是立刻打定主意，等會兒班會一結束，就請淨霞陪我一起告訴他們兩個我不參加。我從包包裡拿出借來的書，放在桌上看了起來。

「以星，這次看起來很好玩耶！」淨霞興沖沖地指著黑板。

「嗯。」對著坐在我隔壁的淨霞點了點頭，我又將目光移回書本。

「嗯什麼啦！妳看第一個提案，溯溪耶！多有趣啊！這次陪我一起去啦！」淨霞雙手合十，很認眞地懇求我。

「淨霞，」我爲難地看著淨霞，「可是我眞的不太喜歡這種活動啊！妳也知道我的個性……」

「妳就當作陪我出去玩嘛！妳就是因爲太內向，所以才更要多參加這種活動，讓自己有機會更開朗一點啊！」

「我看我還是不要參加好了。」我苦笑了一下。

「就算是陪我一起去也好，考慮一下啦！」為了離我近一些，淨霞微微挪動了身子，拉著我的手臂撒嬌，極盡說服之能事。

「好啦！我考慮一下。」除了苦笑，我還是苦笑。

這次的活動，看得出幾個幹部的用心，而且溯溪實在讓人很感興趣，只是一想到要跟完全不認識的班級一起，原本想陪淨霞參加的念頭，就不自覺地縮了回去。

坦白說我的確因爲溯溪而稍微動搖了一下，也想陪淨霞一起，可是我又不像大家這麼活潑、這麼放得開，就算去參加也是最安靜的一個……想到這一點，我就覺得與其在那裡破壞氣氛，我倒不如在家看看書，對自己、對整個團體都比較好。

接下來，我在「要參加」、「不參加」之間拉鋸了起來，讓我陷入前所未有的猶豫。我猶豫的過程中，大家也熱切地討論著，溯溪的A提案一面倒，高票通過。又陸續討論了一些臨時動議後，台上的關子渫宣布班會結束，幾個幹部會先跟會計系開個會，下週再跟大家報告整個活動的安排與流程。

「考慮好了嗎？」班會結束後，淨霞看著我，跟剛剛一樣雙手合十。

「我還是覺得不參加比較好。」

「爲什麼？爲什麼不參加啊？」淨霞飆高了尾音，引起幾位同學注意。

「噓，」我不小心瞄到投以怪異眼光的佳容，「小聲一點啦！」

「爲什麼不參加嘛！這一定會是大學生涯裡很難忘的回憶啊！」

「我怕我去會破壞氣氛。」我小聲地說出自己的顧慮，在淨霞面前，我通常不會隱瞞心裡的事。

「想太多了。」

「可是……」

「阿飛！」淨霞不管其他同學還在場，用力地揮了揮手，大聲地喊了阿飛，「你和阿滐過來一下啦！好像有人不想參加耶！」

「淨霞！妳在做什麼啦……」因爲尷尬，我不自覺地皺起了臉。

「我請他們來說服妳呀！」淨霞故意裝出天眞無邪的樣子。

「不要鬧了啦！別開玩笑……」我抓住淨霞的手，然後看著教室裡一道道投向我的目光，羞愧得眞想挖個地洞躲進去。

「為什麼不想參加？」阿飛走到我和淨霞面前，認眞地看我。

「呃……」我不知道該怎麼解釋，只想避開他和站在他身邊的關子潔的注視，然而當我移開目光，我竟發現班上有超過三分之二的同學都往我們的方向看過來。

「覺得活動不好玩嗎？」關子潔也開了口。

「不是……」我皺起眉頭，偷偷給淨霞一個「都是妳啦」的眼神，手心因為緊張而開始冒起冷汗。

「那為什麼不想參加？」關子潔揚起了眉，疑惑地問我。

「呃……」我不小心又「呃」了出來，然後想到剛剛關子潔說這是我口頭禪。

「好啦！我幫妳說，」淨霞笑著，臉上是一種找到救兵的得意表情，「因為以星對這種活動不太有興趣，她擔心她個性太內向，一來怕在不認識的人面前會尷尬，二來怕破壞氣氛。」

「會不會想太多了？」關子潔突然湊了過來，透過黑鏡框中厚厚的鏡片，認眞地看著我的眼睛。

「對不起，我……」因為關子滐的注視，我心跳的頻率變快了一點。

「不用擔心啦！有妳的連體嬰好朋友陪妳啊！」阿飛笑咪咪地看了淨霞一眼。

「嗯，我會好好考慮一下。」我點點頭，心想，當面拒絕他們的邀約好像有點說不過去。

「還要考慮喔？」

「嗯，讓我考慮一下。」我擦掉從額頭上滑下來的汗。

「我倒是覺得不用考慮了，」關子滐在我面前攤開了他大大的右手手掌，「行事曆呢？」

「啊？」

「妳的行事曆。」

不知道他要幹什麼，我帶著滿滿的疑惑，從包包裡拿出我淡黃色封面的行事曆，「這裡。」

他接過我的行事曆，然後翻開，順手拿了我桌上的藍筆，在下個月六號那個週休假日的欄位上，寫下「聯合班遊」兩個字。

「先記上去，這樣有個行事的規則，也比較不會忘東忘西的。」

「……」這一次，我沒有反駁，我想是因為太驚訝他竟然記得我這個習慣，所以我呆到連個「呃」也說不出口，只是呆呆地接過他交回到我手上的行事曆。

「就這麼決定囉！」淨霞輕輕地拍拍手。

「不可以反悔喔！」阿飛補了一槍。

「……」我看了眼裡滿是期待的淨霞，再看了看阿飛和關子滐。

「都已經記在行事曆上了，應該不會反悔了吧？」這次的問題，是關子滐問的。

吐了一口氣，「嗯，不會反悔的。」我尷尬地收好行事曆，順便把藍筆也一起收進筆袋裡。

「呼！多謝你們喔！」淨霞看了看錶，然後站起身，「啊！時間差不多了，我得去我們熱舞社報到了。」

「你不是也要去活動中心一趟？」關子滐拍拍阿飛的肩，左邊眉毛還輕輕地揚起了一下。

「喔，對耶！妳要去活動中心？」阿飛看了看錶，「我也要到那裡一趟，就和妳一起過去吧！」

「嗯。」淨霞拿了她的手提包，「以星，晚一點再聊喔！」

「嗯，拜！」

8

阿飛和淨霞離開後，教室裡雖然還有很多同學在，但不知道爲什麼，我總覺得好像只剩下我和關子滐獨處般地緊張。

期間有好幾次，我無意中看見佳容和她兩個朋友看過來的眼神時，不知道是我多心，還是受了淨霞的影響，也總覺得她們的表情看起來好像有一點點的不懷好意。原本我還想留在教室先讀一下書，最後覺得還是先離開這個令人不怎麼自在的環境爲妙。

就這樣，正巧也要回去的關子滐，也和我一起離開了教室往校門口走去。

一路上，我一直不太自在，雖然很想開口和關子滐說話，卻又因爲不知道該從哪裡開口而作罷，只好沉默地和他並肩而行。

「妳好像……」他瞥了我一眼，然後再看向前方繼續走著。

「嗯？」我抬頭看他的側臉，發現自己的身高還不到他的肩膀。

「眞的很不喜歡人多的場合喔？」

正想「呃」地思考一下的我，再次想起他說過的我有口頭禪的話，趕緊把「呃」吞了回去，「其實不是不喜歡，」我嘆了一口氣，「應該說是不知道該怎麼面對。」

「但有些事情，是必須學習的。」

「我知道……」我又瞄了一眼說這些話時，側臉看起來很認眞很迷人的他。

「有時候應該嘗試看看的。」

「嗯。」我低下頭，盯著自己一步一步往前邁出的鞋尖，「可是每次鼓起勇氣想要嘗試的時候，一碰到人多的場合，我就又會像烏龜一樣縮進殼裡。」

「多試幾次說不定就進步了。」

「也許吧！」我聳聳肩，「我原本以爲，這樣的個性上了大學也許會有所改變，但好像……」

「慢慢來。」很奇怪，只是短短三個字，我卻彷彿聽見了他語氣裡的溫柔。

「對了，大一的時候，我還以爲你和我一樣不擅長面對人多的場合，當時還以爲你是被陷害才當上公關的。」

「那現在呢？還認爲我是這樣嗎？」

我搖搖頭，呵呵地笑了，「不是，被你的外表騙了。」

「哈！我從不抗拒這種交際的，只是很多時候，呃……應該說是懶惰吧，我比較不喜歡開口，或是主動加入這些場合而已。」

「還能用『懶惰』來形容的喔……」我抿起了嘴，思考了幾秒他把「懶惰」拿來形容這種情況的用法。
「還有，不用太擔心活動那天的狀況，放鬆心情去玩會比較輕鬆。」
「嗯，我只是不知道該說什麼，然後又擔心太安靜會破壞氣氛罷了，我的個性比較悶。」
「別想太多，不然這樣好了，那天我們都陪妳，這樣妳應該會自在一點。」他看著我，微微一笑。
「這樣……很不好意思吧。」我尷尬地笑著回應他，「你是班上幹部，應該有很多要忙的事，而且……」
「而且什麼？」
「淨霞說，你和阿飛是我們班帥氣男生的代表，要適時地『犧牲色相』一下。」
他哈哈笑了兩聲，「這是哪門子論調？」
「是天經地義的啊！雖然說是聯合班遊，但其實目的也是聯誼吧！像這種聯誼的活動，本來就需要你們這種人去撐場面的。」
「我們這種人是哪種人？」
「就是俊男美女那一類的，你和阿飛算是男生代表。」
雖然從沒參加過聯合班遊，但對於這類活動我並不是完全不清楚的。而且我也聽淨霞說過，在決定合辦活動的對象時，主辦人通常多多少少會打聽一下對方班上的「素質」，再來決定是不是要進一步詳談，換句話說，要是一個班級的「素質」夠優，活動的機會就多，自然也可能因此促成比較多情侶檔。

「那女生代表呢？」

「佳容她們就是女生的代表啊，不過其實我覺得淨霞也不遑多讓。」

「嗯，」他點點頭，「那妳呢？」

「我只是個成績稍微好一點的代表而已。」說到這些自己成績好的話，應該要帶著滿滿的驕傲語氣才對，但話一說完，我卻覺得心裡好像泛起一點點的悲哀，說得自己好像完全沒有優點，只有成績好這個長處而已。

「妳平常都這麼沒自信嗎？」

我推推我的黑框眼鏡，不知道該說什麼，只好點點頭，雙眼看著前方落了一半，而光芒柔和的夕陽。

看我好像不打算繼續說，關子淼又開口話，「這樣就太對不起妳的名字了。」

「啊？」我停下了腳步，納悶。

「陳以星……」他也跟著停下腳步，微微側身看我，「我想，妳爸媽之所以幫妳取這個名字，應該是希望妳能成為一顆散發出獨特光芒的星星吧！」

「也許……」我近乎喃喃自語地點了點頭，因爲不知道該說什麼，只好邁開步伐繼續往前走。

不過關子濼的話卻在我心裡慢慢地發酵，甚至佔據了我的思緒。

我從沒問過爸媽爲什麼會替我取「以星」這樣的名字，更從來沒想過這個名字的意義，是不是眞像關子濼說的，含有要我成爲散發獨特光芒的星星的期待。

話說回來，像我這樣平凡到不能再平凡的路人甲，眞的能有這麼一天，散發出屬於自己的獨特光芒嗎？

我還是沒說什麼話，只是默默地走在關子濼的身旁。

這一刻，我突然對於自己這麼認眞思考這些話的反應感到可笑。

是啊！我怎麼會忘了我是陳以星，是那個沒有特色又沒個性的陳以星，我連在大家面前說話都會難爲情，又怎麼能奢望未來的哪一天，散發所謂屬於自己的光芒呢？

上了大學以來，這是第一次單獨和男生一起吃飯。

走到校門口時，關子滐突然問我肚子餓不餓，然後在他的提議下，我們一起走到離學校前不遠的鬧區吃晚餐。

「我以爲像妳這樣的乖寶寶會住在宿舍。」

「我從大一開始就在外面租套房住了。」我夾了一口麵，小心地送進嘴裡，蒸騰的熱氣瞬間將我的鏡片變成白濛濛的一片。

「那妳平常都走路上下課？」他揚起了眉，似乎有點吃驚。

「我就住在那個巷子裡啊！」我順手指著對面的小巷子，「淨霞住在我對面大樓，她有機車，反正大一的時候課都差不多，所以我們通常都會一起上下課。這裡離學校又近，就算有搭不到的時間，我提早個十分鐘出門也不會來不及……啊！對了！」

「嗯？」他停下了筷子。

「說到淨霞，我剛剛……其實有發現你叫阿飛陪淨霞一起走去活動中心時，悄悄抬了一下左邊眉毛。」我指著自己左邊的眉毛。

「所以呢？」

「有一種幫誰在製造機會的味道。」

「竟然被妳發現我們男生的默契。」

「呵！可別以爲我們女生都這麼好騙喔！」我不知道哪來的勇氣，竟然這樣和他開起玩笑來了。

「嗯哼，」他牽動嘴角，揚起了眉，反問：「不過，妳怎麼不說他們是爲了幫我們製造機會，才故意約好一起離開的？」

「呃……」我嚥了嚥口水，沒想到這難得的玩笑就這樣被頂回來。我很難爲情，耳根又迅速漲紅。

「又臉紅了，眞可愛。」他呵呵地笑著，「開玩笑的啦！只是沒想到原來妳還挺聰明的！」

「所以我說對了？」我眨眨眼，慶幸他沒有繼續再亂開玩笑，否則我不敢確定自己的臉還能怎麼紅下去。

「猜對了，其實阿飛還滿喜歡淨霞的，我想過不了多久，他應該就會跟淨霞告白了吧。」

「原來如此。對了，我一直有個疑惑，阿飛的名字叫做陳易沖，但爲什麼綽號會叫阿飛啊？」

「妳試著把他的名字一直重複唸，易沖、易沖這樣唸。」

「易沖易沖易沖易沖……」

啊！我懂了，「一飛沖天？」

「賓果！」他笑了出來，「所以就叫阿飛了。」

「呵呵！眞有趣。」

他點點頭，然後盯著我哈哈地笑了笑，表情很詭異，害我以爲我臉上是不是黏了菜渣，不自覺地摸了摸自己的臉，「怎麼了？」

「眞難得聽妳說這麼多話。」

「呃……」他的注視讓我很不好意思，於是我假裝認眞地再夾了一口麵，鏡片又再次化成白濛濛的一片。

「所以囉，妳要相信自己很有潛力可以成爲散發獨特光芒的星星！」

「嗯，我會盡量……」我小小聲地說著，從充滿霧氣的鏡片裡看著模糊的他。

「加油就是了。」

「嗯，」當我再次抬頭看見他認眞的表情，我才發覺，原來他在說這些話的時候是這麼認眞，絕對不是隨便說說而已。不過，我也因爲他臉上的認眞，突然不知道該接什麼話，於是在停頓了幾秒之後，我才開口，「和淨霞一起騎車上課是很方便，不過這學期我爸已經答應要幫我買機車，應該下星期就會到了。」

「恭喜妳得到代步機車一部。」他倒也合作，不但沒有拆穿我轉得這麼硬的話題，反而順著我的話做出回應。

「呵！謝謝。」看著他跟我開玩笑的樣子，我的嘴角不自覺地往上揚起，很輕鬆，很舒服。

「快吃吧！」

「嗯。」我點點頭，然後發現，這家平常還算普通的拉麵店，今天吃起來好像特別可口美味。

10

吃完拉麵，關子滐陪我走到住的地方後，才又繞回學校牽他的機車。

我腦子裡想到的，全是掛在關子滐酷酷的臉上那種淡淡的微笑，接著取而代之的，則是剛剛短短一兩個小時裡和他相處的每個畫面，以及他所說的每一句話。

思緒一直繞在關子溁的身上，我一反常態，打破了從國中開始就養成的習慣，沒有像平時一樣一回到住處就立刻拿出不管是課外書或教科書出來閱讀，反而放任自己漫無目的地躺在床上，望著天花板，什麼也沒做。

也許對很多人來說，回到家放鬆一下並沒有什麼，但我總覺得沒有利用這些空檔好好閱讀一下實在是浪費時間。

可是我竟然就這樣讓腦子被關子溁佔據了幾十分鐘的時間。後來我爬下床，想把包包裡的東西拿出來稍微整理一下，翻著翻著，裡頭那本淡黃色封面的行事曆，又讓我想起關子溁今天的舉動。

我拿出行事曆翻開，盯著寫在下個月六號那一欄的「聯合班遊」四個字，思緒又開始不自覺地繞在關子溁莫名其妙地接過我的行事曆，莫名其妙拿起藍筆在上面寫字的樣子，想著想著，耳根好像微微發熱。

怎麼這幾天這麼容易臉紅，耳根這麼容易熱起來呢？

我拍拍自己的臉，正納悶爲什麼會這樣時，手機響了起來。

「以星，回家了嗎？」淨霞笑著問我，聽得見背景有熱門音樂。

「嗯，剛到，妳還在社團啊？」

「練完囉！超有趣的，晚上我要跟阿飛去逛夜市，妳去不去？」

「夜市喔……」我猶豫了幾秒，「你們去就好。」

「唉呀！一起來嘛！好久沒有一起逛夜市了。」

「下次吧！我才不想當電燈泡！」下午關子渫說阿飛喜歡淨霞，所以這些話反射性地從我嘴裡蹦了出來。

「電燈泡？」淨霞大聲地說，語調揚得高高的，「我的大小姐，我說妳會不會想太多了一點？」

「本來就是啊！妳跟阿飛挺登對的。」說著，我不自覺地揚起了嘴角。

「陳以星同學！」

「我在聽。」

「妳今天怪怪的喔！」

「才沒有。」

「妳好像特別開心，也特別愛開玩笑挖苦我耶！」

「哪有。」

「根據我對妳的了解，要不是遇上特別開心的事，妳哪有可能這麼開心？」

「真的沒有。」這一次，我還搖了搖頭。

淨霞那頭的背景音樂變得愈來愈弱，我想淨霞應該是從練舞的地方走遠了，然後她壓低了音量問我，「該不會……是情竇初開的徵兆吧？」

「什麼跟什麼啦？」

「妳老實說，今天我和阿飛離開後，妳和關子滐做了什麼？」

「就……」我吞了一口口水，仔細想起來，好像也沒特別去做什麼，只是走到校門口，然後去吃了一碗拉麵，再一起走到我住處門口而已。

「以星？妳還在吧？」

「喔，在。」

「快說，妳和關子滐後來去了哪裡？」

「眞的沒去哪裡啊，你們離開教室後，不久我們也跟著走了，然後他就陪我一起走到校門口，正好接近晚餐時間，就一起吃了碗拉麵啊。」

眞奇怪，幾句話就交代完的事情，爲什麼我卻從回住處開始到現在回味這麼久？

「聽起來滿浪漫的嘛！」

我吐吐舌頭，「這些事，不是幾乎每天都跟妳一起做的嗎？」

「是這樣沒錯，但是對象換成帥到不行的關子滐，整個想像起來都不一樣了。」

「是嗎？」我瞇起了眼，仔細咀嚼淨霞的話。

「沒錯，這些事有空再跟妳聊啦！我先回社辦去了，眞的不一起去夜市？」

「嗯，我想把通識的書看完。」我瞄了一眼書桌上的參考書籍，我的計畫是今天非得要讀完，把資料整理完畢不可。

「好吧！那我先掛囉！拜！」

「拜！」放下手機，我的目光又被行事曆上那筆跡看起來很有個性的兩個字吸引。每天都會做的事情，換了對象，難道感覺眞的不同，眞的會比較浪漫嗎？

11

在書桌前，我將通識課的參考書籍放在一旁，認眞記下可以引用的章節，並且在已經閱讀過的部分，把有關人物剖析的段落稍微做了些記號。

這時，我的手機響起來。原以爲又是不死心想繼續說服我一起逛夜市的淨霞，但拿起手機，映入我眼簾的卻是一串陌生號碼。

雖然仍猶豫著要不要接聽，但我還是按了綠色的接聽鍵，「喂？」

「以星嗎？」

我在腦子快速翻閱記憶中的通訊錄，想不出來這是誰的聲音，「嗯。」繼續思考。

「我是阿亮。」

「喔，阿亮，有什麼事？」對啊！怎麼會沒想到，這憨憨的聲音就是阿亮的招牌。

「通識報告的參考書妳開始看了嗎？」

「開始看了。」

「那明天我想先跟妳稍微討論一下。」

「嗯？」我翻了翻還剩下一半頁數的書，「不過我只看了一半。」

「沒關係，其實我另外有個基礎統計的問題想請教妳。」

「喔。」我反射性地瞄了書架上的基礎統計課本。

「第二章第三十五頁那裡的例題。」

「我看一下。」我從書架上取下厚厚的基礎統計，翻到阿亮說的那一頁，迅速將例題的題目看了一遍。

「怎麼想都覺得怪怪的，對妳來說應該很容易吧？」阿亮的聲音當中，伴隨著他憨憨的笑聲。

「呃……這題我上星期正好問過老師，現在大概能了解。」

「那明天中午，我們約在商學院二一三教室好嗎？」

「明天中午嗎……」我的目光從基礎統計課本移到貼在一旁牆上的課表，「好啊！下午沒有課。」

「那明天見喔。」

「拜！」

阿亮掛斷電話後，我打了個呵欠，爲了確保明天跟阿亮解釋例題時不會出糗，我重新計算了一遍，確定每個步驟都沒問題之後，才又繼續回到通識的參考書內容，繼續閱讀並且記下可以引用在報告裡的句子。

沒想到，我的手機又響了起來。

這一次同樣是一串我不熟悉的號碼，我不禁納悶，手機平常都只有家人和淨霞來電，今天怎麼變得這麼熱門。

「喂，我是關子滐。」帶著滿肚子的問號，我還沒開口，對方就用低沉的嗓音說。

「呃……」我立刻放下握在手中的筆，發現自己好像有點緊張。

「接電話第一個要說的話是『喂』，而不是『呃』吧？」他笑了，我猜他臉上一定也是那種淡淡微笑的輕鬆表情。

正想「呃」出口時，我連忙改口，「喂。」

「眞是個聽話的乖孩子。」

「我……」我呑了一口口水，「找我什麼事？」

「一起去逛夜市吧！」沒聽錯的話，他好像又哈哈笑了兩聲。

「逛夜市？」

「跟阿飛他們。」

「可是我……」我又看了一眼鬧鐘，再翻了翻桌上的書。

「可是妳想要看完通識報告的參考書目對不對？」

「淨霞跟你說的嗎？」我反問。

「偶爾放鬆一下應該沒關係吧？」他沒有回答我的問題。

「可是我還沒有看到自己想完成的進度。」我左手食指在桌上敲呀敲，這是心裡有不同想法交戰時下意識的舉動。如果不是淨霞告訴我，我想連我自己都不會察覺。

「這些進度，都記在行事曆上嗎？」他問。

「是啊！」我不自覺地點了點頭。

「偶爾有點小變動也無妨吧？」他揚起了尾音。

「可是……」

「我已經在樓下等妳了。」

「什麼？」我以爲自己聽錯了。

「我在妳家樓下，」他咳了咳，「等妳很久了。」

「騙人的吧？」我的疑惑愈來愈滿。要是輕易相信，好像也未免太容易上當了，但我還是呆呆地站起身，「你是騙我的吧？」

「當然不是。」

我半信半疑地走到窗前，打開窗戶往下望，果眞看見坐在機車上，一邊和我講手機一邊抬頭向上望的關子濼，「你眞的在樓下？」

「是啊！」他揮了揮手。

「你等我一下喔！」我發現自己心跳好像變快了些。

「好！」他看著我，對我比了個「沒問題」的手勢。

儘管隔了五層樓的高度，又只有路燈昏黃的燈光，我卻好像很清楚看見關子濼臉上迷人的笑容。

「好好吃。」淨霞滿足地喝了一口湯。

從夜市街頭逛到街尾，我們足足逛了兩個半小時。最後在阿飛的提議下，我們排了好久的隊，終於可以一飽口福，吃吃看去年被美食節目報導爆紅，每天一開門就大排長龍的關東煮。

「排隊排得很值得吧！」

「嗯。」淨霞點點頭，大大地咬了一口甜不辣，「每次我們來逛，排不到半個小時就站到腿痠放棄。」

坐在淨霞旁邊的我點點頭，靜靜地喝了一口關東煮熱騰騰的高湯。

「以後想吃，我幫妳排隊，只要一通電話。」阿飛夾了一塊米血沾了沾甜辣醬。

「確定？」淨霞睜大眼睛，甜甜地問。

「一言既出，駟馬難追。」阿飛拍拍胸脯，哈哈地笑著說。

「那以後我和以星想吃的話，也拜託淨霞幫我們打電話好了。」關子澿看著我，帶著淡淡的笑容，「以星妳說好不好？」

「嗯。」迎向關子滐飽含笑意的目光，我也不自覺地笑著回應。

「阿滐，當人家兄弟，你這樣是應該的嗎？」阿飛用力地搥了一下關子滐的肩。

「剛剛好而已。」

「什麼剛剛好？」阿飛扮了個好醜的鬼臉，我們都哈哈地笑了出來。

「偶爾爲朋友服務一下，沒什麼過分的吧？」

阿飛翻了翻白眼，「是！誰叫我們是好朋友對嗎？」

「對了！說到好朋友，我要小小抱怨一下。」淨霞說。

「說來聽聽！該不會是抱怨我吧？」阿飛揚起了眉。

「你跟我無冤無仇，我幹麼抱怨你！我要抱怨的是陳以星小姐。」淨霞嘟起了嘴，樣子很可愛。

「我？」

「嗯啊！我要小吃醋一下。」淨霞說得理所當然，雙手環抱在胸前。

「爲什麼？」我愈來愈摸不著頭緒。

「爲什麼換成阿滐約妳逛夜市，妳毫不考慮就答應了？」

「我……」

「我這個好朋友心裡受創嚴重啊！」

「不是啦！因爲關子滐他……」我看了關子滐一眼，因爲不知如何解釋而詞窮。

「因爲關子滐是帥哥所以很難拒絕？」淨霞瞇起了眼，臉向我湊了過來。

「不是，不是這樣……」我吸了一口氣，雖然我早習慣了淨霞常常這樣跟我開玩笑，但在關子滐和阿飛面前，尤其玩笑又牽扯到關子滐，我眞不知道該怎麼回應。

「所以，以星是見色忘友囉？」

「才不是，那是因爲我想拒絕的時候，關子滐他……」

「我已經在樓下等了。」關子滐輕笑了一聲，把我沒說完的話說完。

「淨霞，妳很壞耶！以星的臉都紅了。」阿飛瞇起了眼。

「啊？」我下意識地拍拍自己的臉，果然又燙燙的，「是因爲吃關東煮太熱了啦。」

「哈哈！開玩笑的啦！」淨霞拉住我的手，開心地笑著，「其實我們早就串通好，要關子滐直接去妳住的地方載妳。」

「是啊！淨霞說妳會不好意思拒絕。」關子滐補充，正當我想再說些什麼時，有人喊了關子滐和阿飛的名字。

「子滐，阿飛，這麼巧？」

朝著聲音傳來的方向，阿飛揮了揮手，大聲地向站在我後面的三個女同學打招呼，

「哈囉！」

關子滐也牽動嘴角笑了笑，然後點點頭。

阿飛笑著開口問：「也來逛街啊？」

「嗯，我們可以坐這裡嗎？沒有空位了。」一頭染了深栗子色長直髮的女孩苦笑了一下。

阿飛先看了淨霞一眼，再將目光移向我。看我們都表示無所謂地點點頭之後，他才同意讓她們坐下，「請坐吧！」

「謝謝。」

「你們都是同班同學啊？」其中一位女孩快速地瞥了我一眼，接著和其他兩位女孩不約而同地用打量的目光看了淨霞一下。

「嗯啊！」

「介紹一下好了，」關子滐放下手中的塑膠湯匙，「這是以星、淨霞，是我和阿飛班上的同學，這三位是這次合辦班遊的外系同學，也是活動設計組的組員，佩誼、茱麗和安安。」

「妳們好。」淨霞輕輕地微笑打了聲招呼，繼續埋頭吃她的關東煮。

我抬頭看了她們三個人，小聲地說了聲「妳們好」，擠出的笑好像怎麼樣也自然不起來，最後我又急急地低下了頭，假裝認眞地喝了一口湯。

我看了一點都不因為有陌生人在場而變得不自在的淨霞，發現相較於淨霞的大方，我好像顯得小家子氣了一點。儘管如此，有好幾次我努力地想在大家的話題中插進一些話，但每次的嘗試，似乎都在不自然的狀態下讓自己更加難為情。

「在想什麼？」淨霞將沾了關東煮醬的油豆腐放進嘴裡，用腳踢踢我。

「沒啊！飽得吃不下了。」我指著碗裡還有一半份量的食物。

「沒關係，等會兒他們幫妳吃。」

「這樣不好意思吧？」我皺了皺眉頭，小聲地對淨霞說。

「想太多了啦！」

「是啊！我不介意的，」關子灤對我笑一笑，指著我的關東煮，「妳不吃了嗎？」

「嗯。」

「那我就不客氣囉！」關子灤把我的碗拿到他自己面前，毫不考慮地夾了一塊甜不辣送進嘴裡。

那個叫安安的女生先是瞄了我一眼，然後又繼續了剛剛的話題。

至於失去了能假裝認眞吃東西的「道具」的我，只好比剛剛更尷尬地坐著，盡量努力地在該笑的時候笑，該說話的時候說話。

我突然得到了某種奇怪的感想。我發現自己充其量好像只是個局外人，偶爾的發言好像也只是我自己莫名其妙的自言自語而已。

好幾次，我都想站起來一派輕鬆地告訴大家「你們慢慢吃，我先去附近逛逛」，然而每次準備好要找空檔插嘴時，我的怪個性又讓我把這句話吞了回去，呆呆地像個笨蛋坐在椅子上，聽他們聊著我不懂的話題。

「呼！吃飽了。」淨霞放下筷子，打斷了他們的話題，順手接過阿飛體貼遞過來的面紙擦嘴。

「好吃嗎？」阿飛笑著問。

「嗯，記住喔！下次我一通電話，你可要立刻宅配到府。」淨霞對阿飛眨了眨眼，露出超級甜美的笑容，依照我對淨霞的了解，我知道她多少有點對眼前這三個女生示威的意味。

「當然好！我說到做到。」

「那我就先謝謝囉！」淨霞沒有卸下她甜甜的笑，還故意先瞄了安安一眼再看著我，「以星，要不要去對面那家飾品店逛一逛？」

我看了對面的飾品店，「好啊。」點點頭，在心裡感激我的好朋友。

「那我們先去逛囉！等會兒再過來，你們慢慢聊。」

「哈，阿飛說願意幫我排關東煮的時候，妳有沒有看見那三個女生的表情？」

我點點頭，比了個「七」的手勢放在嘴邊表示笑容，「有！我不只看見她們的表情，我還看見妳刻意笑得很甜美。」

「當然囉！不來個下馬威，那劇本都全給她們寫就夠了啊！」淨霞揚著眉，一臉的得意，「剛剛那三個女生實在有夠聒噪的。」

「呵。」看看著淨霞的臉，我突然想起「同性相斥」這樣的話，我笑了笑，拿起架上的髮圈。

「聊的都是那些我們不認識的人，眞不懂得尊重。」

「也許遇到熟人太開心，就聊起共同的話題了吧！」我將剛剛的髮圈放回原處，又拿了另一個架上的髮圈。

「但也該有基本的禮貌吧！」淨霞向來是有話直說，皺了皺鼻子，「在我看來，她們根本是想刻意排擠我們。」

「有那麼誇張嗎？」我瞇起了眼，歪著頭問。

「根據我身爲女生的直覺肯定有！不過我們也不算輸，阿飛和阿滐可是都有顧慮到我們的感受，記得適時和我們說話。」

「嗯……」我點點頭，這點我相當認同，「他們兩個認識的人好像不少。」我想起光是剛剛在逛來的路上，他們就和兩群朋友打過招呼，沒想到吃個關東煮也遇到認識的女生。

「當然，公關和康樂當假的喔？不只是要靠『美貌』去吸引人，也要好好運用人際，爲班上單身的同學謀福利啊！」

「謀福利？」淨霞的說法讓我噗嗤地笑了出來。

「廣辦活動，謀福利！人際關係不但要好，個性也不能太內向，總之這可不是隨便派個誰就可以勝任的。」

「也對……」我嘆了一口氣，因爲這也不是我處理得來的，「像剛剛那種情況，我根本就插不上半句話。」將決定購買的髮圈放進小籃子裡，我說。

「不過，其實我覺得以星妳有進步了喔。」淨霞微笑了一下，修長的手指在下巴摸了摸。

「嗯？怎麼說？」

「從前妳會靜到連一句話都不說，現在至少會試著發言，而且這幾次看妳跟阿滐和阿飛的互動，也都很自然啊。」

「是嗎？」淨霞的話，讓我想起了和關子澿並肩走著的時候，他說我很難得說這麼多話的樣子。

如果要說自己和關子澿互動時一點也不會緊張是騙人的，但就是常常在不知不覺間和他扯一堆話。

其實我也不太懂，以往我和男孩子獨處時總會尷尬到侷促不安，為什麼和關子澿就可以破天荒地聊這麼多？

是因爲比從前熟稔了一點，所以才能變得比較自然？

還是因爲……因爲和他相處能得放心，就像和淨霞聊天時這麼沒有負擔？

「我記得大一上學期時，妳硬是被我拉去跟學伴聚餐，吃飯時說的話不超過十句不打緊，回去後還因爲緊張到消化不良吐了一兩天耶！」淨霞說的話並沒有誇張，當時我眞的差點吐到脫水。

「唉，我就是這麼悶啊！」我苦笑了一下，暫時把剛剛的疑惑擱在一旁，「我也想像妳一樣大方外向！想說什麼就說什麼。」我眞的很羨慕淨霞開朗的個性，而且眞的希望自己能夠有淨霞的一半豪邁就好。

「沒關係，」將一個鑲了小鑽的髮夾放進籃子裡，淨霞突然看著我，認眞地說：

「自信眞的需要培養的。」

「呃……」

「不要『呃』了啦！等一下被阿滐聽到，又會被他笑喔。」

「對喔！」我笑了笑，下一刻，日光隨即被架上一個十字架造型的鑰匙圈吸引，「這個十字架……」

「跟阿滐戴在脖子上的有點像。」淨霞立刻說出了我想說的話。

「嗯，而且雕工還滿細的。」我從架子上取下金屬製的鑰匙圈，放在手中端詳了一會兒，「我想買下來，送給他。」

「好啊！我想他會很開心的。」淨霞湊近了一些，指著十字架中央一顆小小的鑽，「而且很巧耶！妳看！星星形狀的小鑽。」

「嗯……」我點點頭，摸了摸上面的鑽。

「所以這是關子滐和陳以星的鑰匙圈囉？」

「才沒這麼曖昧呢！」

其實我沒有多想什麼，也並不是因爲淨霞說的「巧合」而決定買下這個鑰匙圈，一方面是被這個雕工細緻的十字架吸引，一方面也覺得這個十字架正好可以和關子滐習慣戴在身上的項鍊搭配，總之就是有一股衝動，讓我毫不考慮、毫不猶豫地想買下來送給關子淼。

接下來，我們又逛了一會兒，淨霞終於挑了幾對漂亮的耳環之後，她才心滿意足地宣布，「回去找他們吧！」。

「可是他們好像還在聊天，我看我們還是再逛逛好了。」站在櫃檯等工讀生算帳時，我說。

「哪有什麼不好意思？」淨霞放大了音量，「我們都逛快要半小時了耶！」

「可是他們還在聊……」我爲難地皺起了眉。

「妳就是這樣不乾脆，幹麼不換個角度想，說不定他們也在等我們回去啊！」

「我只是不想等一下還要尷尬地坐在那裡。」

「所以才要化被動爲主動啊！我們就直接說想回家了嘛。」淨霞聳聳肩。

「可是……」

「別可是了，已經十一點多了耶！難道我們要痴痴地等那三個聒噪女講完嗎？」在我後頭結帳的淨霞接過工讀生遞過來的零錢後，便拉著我，大步大步地往關東煮的店面走去。

14

我們走到關東煮的店門口時，關子滐和阿飛也正好走出來，剛剛那三個女孩還在位置上開心地吃東西聊著天。

時間晚了，明天一大早又有課，所以我們決定不逛最後一條街，直接走回停車的地方，騎車回住處休息。

淨霞和阿飛在前方並肩走著，我和關子滐便很自然地走在他們兩個後面，一起往停車的方向走去。

「對了，妳們剛剛去逛了什麼？」阿飛大聲地問。一邊問身旁的淨霞，一邊往後看向我。

「一些女孩子的耳環髮飾囉!還有……」

「淨霞!」我往前走一步，輕輕地拉了拉淨霞的衣角，阻止淨霞說出來。

「還有什麼?」阿飛看起來一副很感興趣的樣子。

再次接收到我的眼神，淨霞嘿嘿地笑了笑，「還有我和以星的小祕密。」

「賣關子喔?」

「唉呀！只要以星願意公布，你就會知道了。」停下腳步的淨霞，再次往前走。

「是什麼神祕的東西？」在我身旁的關子滐看了我一眼。

「沒什麼，一個裝飾品而已。」說完，我心裡的猶豫又開始蠢蠢欲動。

其實從剛剛開始我就一思考了好久，不知道該不該把包包裡的鑰匙圈拿出來，而且有好幾次我眞的衝動地想假裝若無其事，把鑰匙圈交給關子滐，甚至瀟灑地說「送給你」。只是，每當我鼓足勇氣想要拉開包包的拉鍊時，我的手又因爲心裡的猶豫而矛盾地縮了回來。

明明就只是個簡單的動作，只是一個「我覺得很適合你」的簡單理由，卻無法讓我簡單地將禮物遞出去。

不管我多麼想自自然然地將這個小禮物交給關子滐，但似乎就是沒辦法做到。

於是，跟在淨霞和阿飛的後頭，我們又陷入了短暫的沉默。

相較於淨霞和阿飛聊天的熱絡，我覺得我和關子滐突然間的沉默好像顯得奇怪，於是我隨意起了話題，「剛剛跟淨霞才在說，你們好像認識很多人。」

「嗯，」他思考了一下，然後點點頭，「算是吧！像安安她們，是我和阿飛打工地方的常客，因爲這樣，才會有進一步談活動的機會。」

「難怪剛剛好像聽你們提到誰誰誰，原來是在打工的地方認識的，對了，你跟阿飛在哪裡打工？」

「市區一家……應該歸類爲夜店的店。」

「夜店？」除了逛夜市之外，十點半以前很少在外頭未歸的我，根本就沒去過所謂的夜店。我仔細回想在電視上看過的夜店型態。

「妳去過夜店嗎？」

我搖搖頭，「沒有耶……像我這樣的人怎麼可能去過。」

「下次帶妳去。」

「啊？」我歪著頭，卻看見他臉上一點也不像在客套敷衍我的表情。

「有機會的話，邀請妳過來。」

我笑了笑，「謝謝你，不過打工時間這麼晚，隔天上課不是很累嗎？」

「還好，我早習慣了，有時候幫朋友代個班或是客人比較多時，會拖到更晚，但基本上我和阿飛主要排在七點到晚上十點半的那一班，所以還好。」

我點點頭，盡可能地在表情上掩飾心裡的驚訝，於是我推了推眼鏡，用微笑帶過，「難怪剛剛她們還提到什麼調酒飲料。」

「原來妳聽到了啊？我還以爲剛剛妳一直在發呆呢！」

「大部分的時候是發呆沒錯啦。」

「就看妳沒什麼說話。」

「坦白說，我真的插不上半句話，所以謝謝你。」我聳聳肩，脫口而出時，連我自己都沒想到會把話說得這麼直接。平常我會把這樣的感受放在心裡，可能回到家裡才會暗自在心裡想。

「嗯？」走在我左邊的關子滐，突然瞥了我一眼。

「謝謝你一直拋出我和淨霞可以介入的話題。」

「哈！這也需要特別道謝嗎？」

「不需要嗎？」我帶著微笑反問，看著他微微面向我的側臉。

「我開始後悔太常鼓勵妳該有自信一點了。」

「什麼意思？」我不自覺地停下了腳步。

「才幾天而已，妳就變得伶牙俐齒的。」他輕輕拍了我的肩，然後指了指漸漸走遠的淨霞和阿飛，要我繼續往前走。

「我哪有！」

「沒有嗎？」他又哈哈地笑了，「不過這樣比悶悶的陳以星要來得可愛多了！」

「……」我無言了。

「走吧！」他再次拍拍我的肩，然後往前走。

「嗯。」我輕鬆地跟著他刻意放慢的步伐，滿腦子想的都是他說的「可愛」兩個字。

我體內的理性面告訴我，關子滐的「可愛」並不是針對我的外表，也許只是隨口說說的一句美言而已，但我卻因爲這個形容詞而開心了。

而這種藏在心裡的淡淡的愉悅，好像跟關子滐有關。

15

「謝謝你送我回來。」我脫下安全帽，遞給坐在車上的關子滐。

「我約妳去夜市的，不送妳回來說得過去嗎？」

「可是……」我抬頭看著關子滐，也許是因爲他臉上的微笑，讓我突然覺得此刻的他，好像不像平常我所看到的那麼酷。

「可是什麼？」

「可是要是沒有我的話，我想你應該也會跟阿飛他們一塊兒去吧？」走回停車地方的路上，淨霞和阿飛聊到附近很有名的一家二十四小時的咖啡店，兩個人立刻決定殺到那裡去。但因爲我堅持要回家繼續研究通識報告的書，所以關子滐才會先送我回來。

「應該說，如果妳也去的話就會一起去，妳沒興致，我也不想當電燈泡。」

「不好意思。」我抿了抿嘴。

「這種小事道歉什麼啊。」他聳聳肩，「妳上樓吧！我等妳房間的燈亮了再走。」

「不用，我……」

「快去吧！」沒等我說完，關子滐又用他低沉的嗓音強調了一次。

「喔。」我點點頭，然後轉身，從包包裡拿出住處的那串鑰匙，用磁卡在感應器前晃了一下，大門「喀」地一聲打開了。

轉過身，我對坐在機車上等我上樓的關子滐揮了揮手，「晚安。」說完，不自覺地踩著比平常輕快了一些的腳步上樓。

我走到房間門口，用鑰匙轉開房門，正想再把鑰匙放回包包時，我才發現，包包裡好像不太對勁，是不是少了個什麼東西……

啊！錢包！對啊，我的錢包呢？

我翻了翻包包，內袋、前袋，但就是沒有我的咖啡色皮製錢包。糟糕，是掉在哪裡？會不會是剛剛拿鑰匙時掉出來的？還是騎車回來的路上掉了？或是忘在關東煮的店？在那家飾品店我結帳的時候……會是在那家店嗎？

各種猜想不斷地從腦中冒了出來，而每個念頭都好像讓我的緊張愈演愈烈，擔心的汗水也流了下來。

完蛋了啦！所有的提款卡跟證件全都在那個錢包裡，怎麼會這樣粗心掉了？陳以星，妳到底是在做什麼啊？妳向來不是這種粗心的人啊！

趕緊回去關東煮店或是飾品店尋找，是此刻我心裡唯一的念頭。於是我拉上門，往樓梯口飛奔。

「哎呀！」在三樓的樓梯口，我摸摸撞上了某人胸膛而嚴重發疼的鼻子。

「怎麼了？」是闕子溁。

「你怎麼上來的？」我驚訝地看著他。

「剛剛妳大門沒關好。我看妳房間的燈一直沒亮，才在想說是不是有什麼事。妳怎麼又跑下樓來了？」

我壓著自己的鼻子，然後擦了擦因爲疼而飆出來的淚，「我的錢包掉了，可能是忘在飾品店。」

「我載妳去，先打個電話過去問問。」

「可是我沒有那間店的電話……」我呼吸急促，瞄了一眼手錶，很擔心那家店已經打烊了。

「妳們剛剛不是有買東西？袋子上有沒有？」

「對喔。」我趕緊從包包裡拿出那個裝了髮圈和十字架鑰匙圈的紙袋，可是很糟糕的是，紙袋上只印了店名，並沒有電話號碼。

「沒關係，我載妳回去看看。」

「可是……」

「別可是了，看妳緊張成這個樣子，不快點找回錢包，我看妳會擔心一整夜吧！」

「可是這樣會不會太麻煩？」

「不會，走吧！」他拉了我一把，和我一起往一樓走去。

16

爲了在飾品店打烊前趕到，一路上我們以極快的速度往夜市的方向前進。

時間已經晚了，但逛街的人潮似乎仍未散去，也無法騎著機車直奔飾品店。關子湶問了我體育成績怎麼樣，然後得到我皺眉搖搖頭的答案之後，他連讓我考慮的時間都沒有，便要我待在原處顧車。爲了爭取時間，他說他自己跑去飾品店會比較快。

於是，還來不及說什麼的我只好坐在關子淶的機車上，除了在精神上替他加油之外，還不忘用焦急萬分的心情認眞祈禱，希望自己的錢包沒被撿走才好。

坐在機車上，我又不自覺地嘆了一口氣。從剛剛到現在，我已經嘆氣好幾次了，很懊惱自己怎麼會這麼粗心，讓這種烏龍在關子淶面前上演。

我一向都不是會犯粗心的孩子，加上個性比較謹愼，不管是上課前或是放學前，我是那種會把書包裡的東西檢查過好幾遍的人，記得國小有好一陣子，我因爲看不慣姊姊忘東忘西的，甚至還包辦了幫姊姊整理書包的任務。

只是，從小到大掉東西的次數用十隻手指頭都數得出來的我，竟然會在今晚這麼不謹愼，而且一掉就是掉這麼重要的東西。

「眞的是妳啊！」當我正懊惱的時候，有人走到了我面前。

抬頭一看，是那三個剛剛在關東煮店遇到的女孩，「嗯。」我推了推因爲低著頭而滑下鼻梁的眼鏡。

「剛剛安安說是妳，我還認不太出來呢！」不知道爲什麼，這個名叫茱麗的女生的笑容，看起來就是有那麼一點假假的。

我尷尬地笑了一下，發現她們好像是睨著我的。

「咦？眞的只剩妳一個人？」茱麗看了看四周。

「呃……」

「妳看吧！我就說她只是碰巧遇到子濼跟阿飛的。」名字應該是佩誼的女生臉上有著些許類似得意的表情，好像猜中了考題一樣。

「所以妳是在等剛剛跟妳一起逛街的朋友嗎？」茱麗看著我，搽了粉色唇蜜的嘴唇似乎因爲思考的關係而微微嘟起。

「不、不是。」其實我也想有更多一點的表情，但好像一個不小心，爬在我上臉的，又是滿滿的尷尬，「我在等……」

「不會是在等阿濼或阿飛吧？」安安驚訝地揚起了眉，打斷我的話。

「呃，其實我是在……」不知道是不是我多想，但我看了她的表情，眞的覺得她似乎認爲像我這樣的人，好像根本不可能會跟關子濼他們一起出遊才對。

「她在等我沒錯。」在我吞吞吐吐的同時，我背後傳來了低沉的聲音幫我回答了這個明明很簡單，我卻無法完整地說出口的一句話。

「子濼！」茱麗和她兩個朋友，不僅很有默契地喊了關子濼的名字，而且還像說好了一樣同時露出剛剛都沒有出現的燦爛笑容。

「這麼晚了，妳們還沒回去啊？」關子溓瞥了她們一眼，然後微笑著拿起我的錢包在我面前晃了兩下，交到我手中。

「是啊！也差不多要回去了。」

「路上小心囉！」關子溓還是帶著微笑，對她們說。

「你跟阿飛明天有班吧？」

「嗯，」關子溓點點頭，戴上安全帽，「所以是明天晚上再見囉？」

「好！明天見！」茱麗揮揮手，臉上漾著開心的笑。

「早點休息吧！」關子溓貼心地把安全帽遞給我之後，他也戴上了他的安全帽，對著我說：「上車。」

「喔，」點點頭，我坐上機車，看著她們禮貌地說：「我們……先走了。」

「走了。」說完，關子溓便發動引擎，載著我離開。

17

「關子滐，」趁著停紅燈時，我微微挪動了身子，「謝謝你幫我找到錢包。」

「小事而已，剛剛很緊張吧？」

「嗯，真的嚇到我了。」我不自覺地輕輕地嘆了氣。

「看妳擔心的表情，我能想像。」

「發現錢包掉了的時候，感覺天都快塌下來了，滿腦子在想該怎麼辦才好。」我從後照鏡裡頭看他，沒想到他正巧也從後照鏡看了我一眼，我不好意思地趕緊移開目光。

「沒那麼誇張吧！就算真的不見了，證件也都可以重新補辦，雖然很麻煩，可是沒有嚴重到天會塌下來啦！」

「因為從小到大，我都會把自己的東西收好放整齊，突然發生這種掉了東西的小意外，就特別擔心吧！」

「擔心是難免，但不用為了這樣的事慌了手腳。」

「是這樣講沒錯，只是我這種個性，可能永遠沒辦法和你一樣瀟灑！」

「有些事情急也沒用的。」

「嗯……」我點了點頭，「對了！剛剛眞的很不好意思，爲了幫我找回錢包，你跑得很急吧？」

「看妳緊張成這樣，不急也難，好像錢包裡有一百萬似的。」他瞥了我一眼，「開玩笑的，別介意。不過妳怎麼知道我跑得很急？」

「因爲你跑回來的時候，我發現你的額頭，還有這裡，」我指著太陽穴的地方，「有很多汗。」

「看起來，安靜的人觀察力也比較敏銳喔。」

「沒什麼強項，總要有一個小優點。」我聳聳肩，笑笑地說。

「妳眞的不是普通沒自信。」他又從後照鏡瞄了我一眼，和鏡子上我的眼神交會。

「我在說我自己的強項，這應該算是自誇吧。」其實剛剛的話的確是沒自信的表現，但我還是笑著反駁。

「總之，每個人都有自己獨特的長處，當然妳也是，加油囉！」

「嗯。」我隨口應了一聲，但我心裡面其實沒有這麼認同關子淵的話。

是的，這個道理我懂。

在這個世界上，我相信也有和我同名同姓的人，而且說不定在這幾個「陳以星」之中，就是有那麼一、兩位正巧長得和我有幾分神似，但是她是她，我還是我，我就是那個目前讀大二、沒什麼大志向、在眾人面前總是放不開、上台時會發抖而且長相又平凡的路人甲。

但是，像我這樣的路人甲，就算世界上沒有另一個人可以取代我，那又如何呢？因爲相對地，就算我是獨一無二的，但當我從這個世界上消失，也不會對這個世界造成任何影響不是嗎？

「感覺得出來妳其實不怎麼認同喔？」

「你又知道了？」我看著後照鏡，又莫名其妙地反駁了他。

「我就是知道，妳的表情通常很直接，走囉！抓好。」原本的紅色燈號換成了綠色，於是他轉動把手，車子慢慢地向前移動。

「嗯。」我將手輕輕放在他的腰際，但其實我並不敢眞的抱住他。

一路上，我因爲找回了錢包，心情比較放鬆，關子澿騎車的速度比剛剛來時要慢了許多，不過大部分的時間裡我們都沒說什麼話，他在前面靜靜地騎車，偶爾因爲路邊的某個景物和我交談幾句。而我坐在後座，除了幾句簡單的回答之外，幾乎都陷在自己的沉思中。

我想著剛剛關子澿所說的「獨特」，想著搞不好世界上會有幾個人眞的和我長得很像，想著其實世界上少了我也沒關係，想著他怎麼好心到會這樣鼓勵我這個路人甲……

然後，我突然想到剛剛遇到茱麗她們時，她們臉上那種這種女生怎麼可能會跟阿滐、阿飛一起出來玩的表情。

關於這點，也許是我誤會或多想了什麼，但是，路人甲和關子滐這樣引人注目的人一起出來，好像真的就是有那麼一點不搭。

「嘿！」

「嗯？」

「妳在想什麼？」

「沒有。」我抿抿嘴，思緒被他拉了回來。

「我發現如果我沒有主動跟妳說話，妳很有可能一路上沉默到底耶。」另一個紅燈，他將車子停在停止線前，從後照鏡看我。

「我……」

「還是在妳這個資優生眼裡，我其實很討人厭？」我從鏡子裡看見他揚起了眉。

「沒、真的沒……」我嚥了嚥口水，「這是我的問題，真的不好意思，我……」

「跟妳開玩笑的，增進自信心第一步，限妳在號誌換成綠燈前的五秒內，想出一個和我交談的話題。」說完，他抿抿嘴笑了笑，抬頭瞥了紅綠燈一眼，便看向前方。

我坐在後座，兩眼發直地盯著號誌上的讀秒數字，直到最後的「五、四、三、二、一」。

「通識報告的書籍，你要開始看了。」當靜止的小紅人變成了行走中的小綠人時，我因爲緊張而隨口說了一句話。

「好，如果有問題，我會先找妳討論。」他轉動把手，催動油門往前進。

「嗯。」

「所以，話題又結束了？」我又從後照鏡裡看見他的眉毛高高地揚了起來。

「呃……」似乎又陷入了奇怪的尷尬裡，是啊！我的話題好像眞的又沒用地結束了。

「哈！開玩笑的啦！這算進步了。」也許察覺了我的難爲情，於是他哈哈地笑了兩聲，「希望這種進步能繼續維持，加油。」

「好。」

「其實妳應該更有信心，說『我會加油』才對。」

「這……」我微皺了眉。

「試試看。」

「我會加油。」

「應該再有信心一點啦。」

「好，我會加油！」我提高了音量，盡可能地讓自己以肯定的語氣說出這四個字。說完的時候，我無意間瞥見後照鏡裡的自己，是揚著淡淡的微笑的。

18

回到住處，洗了澡之後，儘管經過了錢包遺失的折騰已經有點疲累，但我還是不想耽誤自己原先訂好的計畫，泡了一杯咖啡，坐在書桌前繼續埋頭苦讀通識報告的書。

說來奇怪，不知道是因爲咖啡因，還是因爲今晚逛夜市太開心的關係，原以爲可能讀到一半就會陣亡的我，竟出乎意料地愈來愈有精神，不只看到了最後一個章節，就連重點筆記都讓我覺得滿意。

我放下筆，喝完最後一口咖啡時，一旁電腦發出msn的音效，於是我滑動滑鼠，離開黑漆漆的螢幕保護程式，看見淨霞傳來的訊息。

「還醒著嗎？」

「嗯，妳回家囉？」送出訊息之前，我瞄了一下螢幕右下角，時間是凌晨兩點半。

「是啊！」

「我以爲你們會來個通宵約會。」我挪動了椅子，好讓自己能夠以舒服一點的姿勢敲打鍵盤。

「那家店的確不錯，聊通宵也可以，只是今天沒睡午覺，阿飛看我呵欠連連，怕我太累。」在訊息後面，淨霞特地加了個紅臉蛋的表情。

「是喔！那現在還不趕快去睡？」

「我也想啊！不過很詭異，一洗完澡，躺在床上，精神就莫名其妙好了起來。」

「嗯。」我微微笑了笑，發現淨霞跟我的情況好像有點雷同。

「那妳怎麼還沒睡？」

「我在看報告的參考書目。」

「書目？妳知道現在幾點了嗎？」連打了五個問號之後，淨霞還傳了兩個表示驚訝的表情符號。

「兩點四十分。」

「又不是明天要報告，這麼拚命幹麼？」

「我本來的計畫就是今天一定要把它讀完的啊。」

「計畫永遠趕不上變化，再說偶爾來點小變化其實又無傷大雅。」

我輕輕嘆了一口氣，順手打了個「唉」。

「我的大小姐啊！這麼認眞，一板一眼地過生活，不會太累人嗎？」

「還好啦！」我這次選了個呆呆臉的表情，「按著計畫行事，我覺得比較有安全感，比較讓我放心。」

「嗯嗯！」

「但妳不覺得像今天沒預期地和阿飛他們去了夜市，心情也不錯嗎？」

「妳該不會就爲了妳的『依計畫行事』，堅持非得把書看完，從十一點多回到家洗好澡之後就一直看到現在吧？」

「……」面對淨霞的問題，我打了六個點回應。

「還泡了一杯咖啡吧？」

「嗯。」

盯著螢幕，我不自覺因爲淨霞猜得神準而笑了出來，看來淨霞眞的很了解我的習慣。我笑著送出了訊息，「妳都說對了，只是，我回到家的時候已經快一點了。」

「快一點了？爲什麼？」

「因爲……」

「用打的太慢了，我撥手機給妳。」

不到十秒鐘的功夫，我的手機就響了起來，「喂？」我按了接聽。

「從夜市離開時明明才十一點多，為什麼快一點才到家？」電話裡淨霞的聲音滿是疑惑，「說，妳和關子淤跑去約會？」

「不是啦……」我嘆了一口氣，然後把今晚的烏龍跟淨霞說了一遍。

「原來如此。眞想不到妳這種超謹慎的冒失絕緣稀有動物，竟然也會有掉錢包的一天。」

「唉……」我輕輕吐了一口氣，當時焦急的情緒一下子又湧了上來，「幸好那時候關子淤還沒離開，不然我眞不知道該怎麼辦。」

「其實就算沒有子淤，只要妳一通電話，我和阿飛無論如何都會立刻衝過去幫妳找找看的。」

「謝謝，那妳跟阿飛今天聊得還開心吧？」我腦子裡突然閃過關子淤幫阿飛製造機會，讓他有機會和淨霞一起走去活動中心時，眨了眨眼的模樣。

「很開心啊！」淨霞呵呵地笑了，「好像就是因為太開心了，才會睡不著。」

淨霞的語調透露了很明顯的愉悅，我覺得自己彷彿是面對面和淨霞聊天，正看著她的笑臉似的。

「是阿飛說了不少笑話嗎？」

「笑話是不少啦！不過……」電話那頭淨霞輕輕地「呃」了一聲，似乎陷入了短暫的思考，「這種感覺其實很奇妙，我李淨霞也不是沒有跟男生單獨出去過，可是現在心裡卻有點點興奮，唉呀！我不會說，反正精神出奇地好就是了。」

「是喔，看來阿飛和妳真的很聊得來。」我在椅子上坐久了，腰有一點痠，於是起身隨意活動一下筋骨。

「嗯，是啊！以前就一直滿有話聊的。和阿飛能談的話題很多，而且我發現我們對很多事情的想法都很接近。」

「所以，這麼聽起來，妳好像覺得阿飛還滿不錯的吧？」我想起關子潾提過關於阿飛喜歡淨霞，忍不住想探探淨霞的口風。

「嗯……」淨霞停頓了幾秒，「他的確不錯啊！人長得好看，重點是個性又幽默，對了！以星，問妳一個問題，不過妳不能笑我喔！」

「好。」

「妳覺得，如果……我是說如果啦！」電話裡的淨霞好像在猶豫著什麼，最後才又開了口，「如果我和阿飛交往，妳覺得我們適合嗎？」

「應該還不錯吧！」我頓了一下，「淨霞，難道妳喜歡上阿飛了嗎？」我吸了一口氣，心裡好像有點兒興奮。

「我還不能確定，只是覺得和他相處就是很開心，而且有這麼一點點不想輕易結束和他的約會，這種感覺是喜歡嗎？」

「那應該是吧！」想了想，我下了個結論。

當自己說出「應該是吧」的時候，我突然發現自己對淨霞所描述的感覺似乎有一種奇妙的熟悉感。

這種感覺，似乎有那麼一點點和自己與關子滐相處時的感覺雷同。儘管每次碰面一開始我可能會因爲不知道該聊些什麼而不安，但話題一旦打開，好像眞的有那麼一點點不想結束。

這種感覺現在想起來好像有點明顯，但是，難道我對關子滐，也能算是喜歡嗎？

「以星！以星！」貼在我耳朵上的話筒，傳出淨霞超大的聲音。

「突然好大聲，嚇我一跳。」我拍了拍胸，好像有一種做壞事被拆穿了的感覺。

「還說呢！我叫了好幾聲，以爲斷訊了。怎麼了？怎麼突然不說話？」

「呃，沒有啦！我只是在思考妳所謂喜歡的感覺。」走到床邊，我坐了下來。

「原來如此，」電話那頭的淨霞，打了個大大的呵欠，「好啦！我該睡了，妳也早一點睡喔！」

「嗯，明天見。」

19

結束了和淨霞的電話，我還是很堅持地回到書桌前，想埋頭繼續把參考書目看完。不過，才看了三行字，我的手機鈴聲又響了起來。

淨霞？

「喂？」我納悶地接起了電話。

「以星，那個十字架鑰匙圈，妳送給阿溧了沒？」

「沒有……」邊說，我邊從包包裡拿出那個小紙袋，並且小心地將十字架鑰匙圈從裡頭拿出來，放在桌子上。

「爲什麼還不送他啊？」

我趴在桌上，用食指小心地觸碰著眼前十字架上的星星，「我不知道。」

「什麼叫做不知道啊？」電話那頭的淨霞的音量，聽起來實在不像幾分鐘前宣布要睡覺的人。

「好像，想不出什麼可以送他東西的理由。」

「拜託，別想得這麼複雜，就只是單純覺得很適合他所以就買了啊！還需要什麼理由不理由的嗎？」

「我就是一直很猶豫啊……」

「整個晚上都是機會，妳竟然還是沒送出去！」

我嘆了一口氣，「我就是無法自自然然地拿給他。」

「陳以星，別想太多好嗎？妳到底在擔心什麼？」

「總覺得突然送他東西有點怪，既不是他的生日，也不是什麼特別的節日，而且也不能確定他喜不喜歡這個禮物。如果他其實不喜歡，卻不好意思拒絕要怎麼辦？再來……」

「等一下！」淨霞打斷了我的話，「這沒什麼好猶豫的，就像有時候妳出去玩，看見什麼可愛的東西也會買給我那樣啊！難道妳送我東西的時候，也會這樣想東想西的嗎？」

「當然不會。」我不自覺地又嘆了一口氣。

「這就對了啊！」

「可是妳是妳，關子滐是關子滐……」

「有什麼不同，請問？」

「這不能相提並論，妳是我最要好的朋友，關子滐他……」

「他怎樣？」

「他……」

對啊！他怎樣？一時之間，我好像也很難貼切地將我心裡的想法形容出來，我不知道是不是因爲他是男生的關係，或者因爲我和他之間不夠熟稔而產生的距離感，抑或是其他我沒有察覺出來的什麼。總之對我而言，他好像就是有那麼一點不一樣。

「他和我可能連朋友都稱不上。」最後我說。

「以星，我還是覺得妳想太多了，妳只要想想那時候在店裡，當妳看見這個鑰匙圈時，那種想買給他的衝動就好了。」

「可是當時的衝動，好像已經被現在的理智取代了。」

「那時候的感覺才是最直接的，既然爲他買了，就送給他吧！」

停頓了幾秒，我想想淨霞的話，然後想起在精品店看見這個鑰匙圈時的衝動。

是啊！那時候，我好像什麼都沒想，就覺得應該要買下來不是嗎？那爲什麼我都已經買下了鑰匙圈，卻還要猶豫該不該送出去呢？

「以星，妳有沒有在聽？」

「有。」

「就送給他吧！」

「我擔心他會覺得奇怪。」

「我想不會的。」透過話筒，又傳來了淨霞大大的呵欠聲，「明天就送給他吧！」

「嗯。」也許想讓自己堅定一點，回答淨霞時，我還不自覺地點了點頭。

「妳保證？」淨霞不忘確認。

「是，我保證。」

「好啦！妳早一點睡，這次眞的晚安囉！」在我也道晚安之後，淨霞立刻掛斷電話，剩下電話這頭暗自希望明兒個別又再猶豫不決，盯著眼前的鑰匙圈發呆的我。

20

一直到第三節下課的鐘聲響起，我依然沒有看見關子灤和往常一樣與阿飛走進課堂，所以我從昨晚開始就一直反覆演練的台詞也沒有派上用場。

能夠暫時不用面對拿禮物給他的尷尬，我心裡放鬆很多，但又隱隱約約有一種矛盾，好像因爲沒有看見他，沒能將禮物交給他，而有些小小的失望。

就這樣，這堂課，又成了繼上次的通識課以來，我最不認眞的一堂課。我根本無法認眞，整顆心在想關子洣是不是等會兒就出現了，還擔心著該怎麼偷偷鑰匙圈拿給他。

「眞是的，這兩個蹺課天王又蹺課了。」已經背好了背包的淨霞皺了皺眉。

「是啊！害我擔心了好久鑰匙圈的事。」

「我就知道，」淨霞翻翻白眼，一副很無奈的樣子，然後拿出自己的手機，「來吧！一不做二不休。」

「妳要做什麼？」

「當然是叫關子洣來跟妳拿禮物啊！免得妳這麼擔心。」

「沒關係啦！」我急忙抓住淨霞的手，總覺得特地怎麼樣好像會讓整件事情變得更彆扭，「下次再拿就好了，不用這麼特地……」

「下次，我是擔心妳再等個幾個下次，都要心律不整囉！」

「淨霞……」雖然白了淨霞一眼，但我還是不得不佩服她對我的了解。

「我問問看，當然還是要看他方不方便。」

「嗯。」我點點頭，因爲說不過淨霞，所以只好乖乖妥協。當我看著她撥號，並且將手機貼在耳朵旁，我的呼吸竟因爲緊張而急促了起來。

「子滐的電話沒接。」淨霞看了我一眼，有點自言自語地，「我打給阿飛吧。」

「嗯。」我點點頭，吞了一口口水。

「阿飛，你們在哪裡？」淨霞眼睛轉呀轉的，「是喔……也沒什麼事啦！以星有個東西想要拿給子滐，喔……好，先這樣，拜！」

「怎麼了？」

「阿飛說他們店裡有點事，他跟子滐昨天晚上弄到凌晨三、四點，今天早上八點多又去店裡幫忙了，他說他們現在還在處理，晚一點他會再打電話給我。」

「不要緊吧？」

淨霞聳聳肩，用手揮了揮，不過我發現她眉間也揪起了擔心，「他沒說清楚，聽起來好像不方便在電話裡多說什麼，唉呀，不管了，等他打電話來吧。」

「嗯。」

「那我先去跟學長姊聚餐囉！妳要回去了嗎？」

我看了一眼手錶，「沒有，我跟隔壁班阿亮有約。」

「阿亮？」淨霞驚訝地睜大了眼睛，用手在額上橫了橫，「是那個劉海剪得超齊的阿亮？」

「嗯。」

「不會是約會吧？」淨霞的驚訝並沒有減少。

我抿抿嘴，嘆了一口氣，「當然不是，他要和我討論通識報告，問我幾題基礎統計的例題，就這樣。」

「原來如此，不過說也奇怪，通識報告有這麼迫切嗎？例題也不一定要請教妳吧？他該不會是煞到我們的資優生寶寶陳以星了吧？」

「不會。」

「這種事很難說。」

「我看妳是小說看太多了。」我拍拍淨霞的額頭，「妳快去系辦吧！」

淨霞看了看手錶，「時間也差不多了，晚一點再聯絡囉！」

「拜！」

21

商學院二一三教室。

左腳才剛踏進教室，我就看見坐在教室裡的阿亮，已經揚起了他憨憨的笑容朝著我揮了揮手。

「嗨！」他打了聲招呼。

「嗨！」我放下包包，「好厲害，你好像早就知道我來了，才剛踏進來，就看見你在揮手。」

「是啊！我遠遠就注意到妳了。」阿亮撥了撥他的劉海。

「呵，我這麼不顯眼，你也能注意到我。」放下包包，我從包包裡拿出我的基礎統計課本。

「因爲妳有優等生的光環，當然……」也許看見我臉上露出尷尬，阿亮停住了話，然後抓抓頭，「呃，我是不是說錯什麼了？」

「沒有。」我搖搖頭，暗自責怪自己怎麼沒把表情掩飾好。

「對不起，如果讓妳覺得不……」

「阿亮，沒有啦！」我翻開昨天已經被我夾上書籤的統計課本，「對了，你說的那個例題，我已經研究好了。」

「喔。」阿亮也拿出他的課本，翻開被他折了一個小角的頁次，我瞄到上面有他記得密密麻麻的重點，就像我的書一樣。

「這題要根據這些資料進行卡方考驗……」

於是，我拿了筆，在特地帶來的計算紙上開始解釋。

阿亮很聰明也很有禮貌，聰明的是我只要起個頭，他就能說出接下來要計算的方向，而有禮貌的，則是我每講完一段解說，他就會適時點點頭或是用「嗯哼」來表示他的了解。

所以我們並沒有花多少時間，就把他有疑惑的例題和習題一一算過一遍，甚至連通識報告有問題的內容，也在一個小時內統統解決完畢。

「謝謝妳。」

「不客氣，」我闔上課本，「其實你只是概念上有點不清楚而已。」

「哪是有點不清楚，每次都卡成一團呢！」阿亮抓了抓頭，接著也把自己的課本闔上，收進包包。

我看見了他原本壓在基礎統計課本下的書，「是音樂報告要用的？」

「是啊！音樂欣賞。」

「喔，你已經先修了啊？」我記得音樂欣賞的課，我們系上是安排在下學期，如果要先修，就必須選修外系開的課程。

「想說能修就先修啊，這樣下學期就比較多空檔可以去選自己有興趣的科目。」

比較有興趣的科目？

「像是什麼？」

「電腦程式之類的，多一點技能，有機會的話考個證照，對未來畢業後的出路應該會比較有幫助。」

我點點頭表示了解。阿亮說的話我完全同意，現在失業率這麼高，趁著求學階段趕快把握能夠進修以及考證照的機會，怎麼說都對自己的生涯規畫有益處。

只是，相對於阿亮的積極，我好像就顯得沒什麼志氣。

說起來似乎有一點悲哀，從小到大，我的生活中好像就只有讀書、讀書、讀書而已，就連學校與科系的選擇，也沒有什麼特別想學或是有興趣的。也許仗著還算會讀書的頭腦，不管是理工或社會組科系都能得到很好的成績，但是如果眞要提到哪些是自己眞正喜歡的領域，現在仔細想來，好像也沒有。

認眞讀書對我陳以星而言，就只是每個求學過程中應該要做好的本分而已，眞要說有什麼是為了自己的話，充其量也只是能從不錯的名次中讓自己的成就感多一點，然後證明自己其實不差。

「妳呢？未來有什麼規畫嗎？」阿亮冒出的問句，打斷了我的思考。

「啊？」

「未來啊！」他看了我一眼。

我苦笑了一下，「我目前沒有什麼規畫。」

「怎麼可能？」阿亮皺了眉，語氣上揚得很誇張，讓我不禁懷疑我的回答是不是嚇著他了。

「我是說眞的，頂多……」我聳聳肩，「就考個公職這樣吧！」

「是喔！我還以為，」他撥了撥他超整齊的劉海，「妳這樣的優等生……」

看他好像不知道該怎麼表達的樣子，我幫他接了話，「應該有更遠大的抱負嗎？」

「當然公職也很好啦！」他點點頭，好像突然想認眞討論這個話題，「但我以為妳會繼續深造下去，讀到研究所、博士班，當個學者或教授之類的。」

「目前沒有想那麼多。」我苦笑了一下，老實說我不怎麼喜歡阿亮老是提到「優等生」這樣的字眼。

「沒想那麼多？其實時間過得很快的。」阿亮推推眼鏡，「不趁早做好……」

「我知道，」打斷了阿亮的話，但隨即我又因爲自己表示得太直接而感到抱歉。輕輕地吐了一口氣之後，我說：「我眞的沒有考慮太多未來的事。」

「不好意思啦！」阿亮歉然地笑了笑，「我只是覺得凡事有個努力的依據或目標，未來會比較有保障而已，何況現在經濟這麼不景氣。」

「我懂。」

「對不起，希望不會造成妳的不悅。」

「跟你沒關係，這是我自己的問題，大概是因爲我從沒強烈喜歡過任何一門學科，甚至也從沒強烈想從事哪一行的關係吧！」我吐了一口氣，希望就此打住這個話題，「對了，剛剛的例題確定都懂了？」

「嗯，有問題再請教妳囉！」

「沒問題。」

「待會兒要不要一起吃個點心下午茶什麼的？」阿亮又露出了他那種帶了點憨直的笑，我猜是因爲害羞的關係。

「呃……」我看了一眼手錶。

「啊！如果妳另外有約也無妨，我只是想說……」

看著他憨憨的笑容裡好像閃過一種奇怪的情緒，我突然有一點不好意思，「沒有其他的約，只是我不怎麼餓，想順便繞到圖書館去借幾本書。」
「喔，那我陪妳一起走過去。」
「呃……」
「走吧！」他站起身，並且背好了背包。
「嗯。」

22

從商學院教室走到圖書館的路上其實不算遠，但和阿亮並肩走著，老實說我還眞有一點點希望這段路能快快結束。這當然不是因爲我討厭阿亮或排斥他，實在因爲在這短短的路程裡，我發現我的腦子連半個可以開啓的話題都想不到，除了回答幾個阿亮的問題之外，我幾乎沒有多說什麼話。
「妳眞的就像傳說中的安靜耶！我發現。」阿亮又憨憨地笑了，還抓了抓頭。
「傳說中？」在圖書館前，我停住了腳步。

「是啊！大一的時候，大家都說優等生陳以星一學期講話的量，可能連李雅棋學姊一星期講話的量都不到！」阿亮臉上的笑沒有放下，認真向我陳述那個「傳說」。

阿亮說的李雅棋，是我們系上三年級的學姊。她是標準的風雲人物，一進大學就被選進了女籃校隊。二年級時，因爲她在球場上的優異表現，替近五年來從沒打進大專盃決賽的女籃隊拿下冠軍。這學期還擔任了學生自治會的公關股長，校園中大大小小的活動，幾乎都能看見學姊的蹤影。

阿亮的話，讓我不知道該怎麼回應才好，只好跟著他笑。不過我知道自己臉上的笑容一定呆到不行。

除了笑之外，我想不出任何回應。

「以星，我說錯話了嗎？」

「沒有。」我搖搖頭，看了看阿亮臉上的擔心，我只好再強調一遍，「沒有。」

「這些話其實沒有什麼意思，只是對比妳過於安靜，而李雅棋學姊則過於外向活潑而已。」

「我懂。」我擠出笑，坦白說我其實不怎麼喜歡這種被人討論的感覺，不過我並不打算告訴阿亮這樣的感受。

「以星，希望妳不要想太多。」

「不會，那我要進圖書館囉！」我指指圖書館的大門，盡可能讓自己的表情更自然一點。

「嗯，拜！」

「拜！」我揮揮手，看著阿亮轉身準備離開，但是當我也準備轉身的同時，阿亮又轉過頭來，「嘿」了一聲。

「怎麼了嗎？」

「下個星期，要繳交第一次通識報告，闞子溧他們應該知道吧？」

我想了幾秒，「我想他們應該記得！」

「嗯。」他抿了抿嘴，眉頭皺了皺，看起來好像在擔心什麼，然後又不知道該從何說起的樣子。

「你放心，我會再提醒他們的。」

他吐了一口氣，「那就麻煩妳了，其實……」

「嗯？」

「我不怎麼放心。」

「什麼意思？」我微皺了眉。

「這樣想好像有點成見，不過他們是系上出了名的蹺課大王，我覺得跟他們一起做報告，好像……」

「你放心，他們不會的。」沒讓阿亮說完，我直接了當地打斷了阿亮想說的話。我發現自己不想聽見與關子潔或阿飛有關的批評，不過究竟是爲什麼，我也不清楚，就是很單純地不想聽見。

「妳確定嗎？」阿亮沒有把剛剛的話講完，倒是反問了我。

「呃……」我吸了一口氣。

「妳看，妳也不敢打包票了是不是？」

「……」

「以星，我覺得……」

「阿亮，我們四個是同組的組員，雖然不必誇張到說什麼榮辱與共，但基本的信任也應該要有不是嗎？」

「我只是耳聞了很多他們蹺課的事，有一點擔心而已，並沒有其他的意思。」

「據我了解，他們大一一整年來，至少跟我一起上課的科目，報告作業從來沒有缺交過，這樣你可以放心了嗎？」

「嗯。」阿亮聳聳肩，點了點頭，無奈地笑了。

「如果沒有其他的事，我先進去了。」

「拜！」

「對了，」我回頭認眞地看著阿亮，「我剛剛不是因爲不了解他們而不敢打包票。」

「嗯？」

「我只是猶豫自己是不是夠資格去爲他們證明罷了。」

「怎麼這麼說呢？妳是系上的……」

「優等生是嗎？」我不自覺地又皺起了眉。光是短短的相處時間裡，阿亮就已經把這三個字重複好幾遍了。

他攤攤手，「是啊！」

「總之，我只是覺得自己不是什麼厲害的人，沒有替人保證的資格。」

「妳太謙虛了，妳其實……。」

「還有，」我打斷了阿亮的話，「優等生充其量也只是個比較會讀書的讀書工具而已。」苦笑了一下，我轉身走進圖書館。

響。

我原本想放鬆一下，留在圖書館閱讀一些雜誌再去借書的心情因爲阿亮的話受了影

結果隨便挑了幾本看起來應該好看的書，辦好了借書手續，我就匆匆地離開圖書館，準備回住處。

還沒走到校門口，我的手機便響了起來。

「以星，妳在幹麼？」淨霞劈頭的第一句話，背景傳來某個實力派女歌手的新歌。

「剛借好書，準備走回去了。」

「是喔！不好意思，不能載妳。」

「沒關係，又不是很遠。」我笑了笑，淨霞的關心總讓我覺得溫暖。其實說起來不好意思的人是我，畢竟是因爲我沒有交通工具，才會一直這樣麻煩淨霞的。

「記得自己去吃晚餐喔！」

「嗯。」

「今天怎麼這麼快就借好書了？阿亮陪妳一起去的嗎？」

「沒有。」我走出校門，站在斑馬線前等待綠燈。

「我還以爲他會陪妳。」

「沒有，別提他了。」我嘆了一口氣。

「爲什麼？」

在淨霞的追問下，我把剛剛和阿亮對話的內容大致說了一下。

「眞難得耶！以星。」電話那頭淨霞的語氣裡，好像有著激賞的情緒。

「什麼意思？」

「妳這種和平主義者，竟然也會跟人家起衝突？」

「這不算衝突吧……」我抿了抿嘴。

「好吧！是沒有衝突這麼誇張啦！不過，從大一認識妳到現在，從沒聽過妳跟誰不開心或不高興的耶！」

「嗯，因爲我不喜歡阿亮老是把優等生三個字掛在嘴邊。」看著燈號變成綠燈，我邁開步伐往前走。

「重點不是這個。」

「不然是哪個？」

「妳竟然會因爲阿濼和阿飛他們跟阿亮生氣耶！」淨霞的音量更大了，語氣聽起來更像是發現了什麼天大的祕密。

「我只是……」

「只是什麼？」

「只是……」我吸了一口氣，「不太喜歡阿亮這樣懷疑人家而已。」

「是嗎？我倒覺得事情不是這樣喔！」

「啊？」

「不喜歡阿亮這樣懷疑人家，跟不喜歡阿滐和阿飛被人家懷疑，這是兩碼子事。」

淨霞一派正經。

「所以……」

「所以可見妳還滿重視他們的吧！」淨霞笑笑地下了定論。

「可是我覺得我眞的只是看不慣阿亮這樣主觀地評斷別人，不管對象是誰，我其實都會……」

「陳以星同學！」淨霞哈哈地笑了笑，然後大聲打斷我的話。

「啊？」

「妳緊張什麼啊？我又沒有別的意思，只是想說妳進步了，而且我很開心妳眞的把阿滐他們當成朋友了！」

「……」

「我覺得這樣很好，哪有一個大二的女生像妳一樣，連個好一點的異性朋友都沒有的，而且，我發現妳已經慢慢懂得表達出自己的感受與想法了，加油喔！」

「淨霞……」我呼了一口氣，「謝謝妳。」

「三八喔！我們是好朋友耶！對了，阿滐打過電話給妳了嗎？」

「沒有耶。」

「是喔。」淨霞沉默了幾秒，「大概半小時之前，我又打給阿飛了……」

「然後呢？」

「然後他沒有接電話，只回傳簡訊給我，一樣說晚一點再打電話給我。」

「大概是真在忙吧！」

「嗯，不過以星妳放心。」

「放心什麼？」

「我也回了簡訊，要他務必轉告阿滐，說妳有東西要給他。」

聽了淨霞的話，我又想起正躺在我包包裡頭的十字架鑰匙圈，心跳好像又變得急促了些，「其實改天……」

「擇期不如撞日，就是今天了。」淨霞真的超級了解我，不到三秒便立刻打斷了我心裡所有的不乾脆。

「喔……好吧。」

「妳等他的電話吧！我掛電話囉！」

「好。」

24

順路到麵包店買了想當成晚餐的麵包和鮮奶，我才慢慢走回住處。

回到住處後，我第一件事情就是衝進浴室洗了個舒服的熱水澡，接著便躺在床上舒服地睡了一覺。

再醒來，是因爲肚子咕嚕咕嚕地叫了。我爬下床，才發現窗外原本被夕陽餘暉染成了紅黃色的天空，早已被灰黑色的夜幕所取代。

我開了燈，轉到新聞頻道，坐在黑色的小和室桌前準備開始享受我的麵包大餐。

我咬了第一口好吃的麵包，突然想問問淨霞回到家了沒，於是從包包裡拿了手機，才看見手機上顯示了一個未接電話。

關子滐？

我以爲自己眼花了，但我揉揉眼睛，看到的依舊是這三個字。

可是……難道我眞的睡得這麼熟？連手機鈴聲響了都沒聽見？我按了按鍵，查看手機螢幕上的來電時間。

我瞄了一眼桌上的鬧鐘，然後再檢視關子滐撥電話來的時刻，我猜想那大概是我從學校走回住處的路上，和淨霞講完電話之後的事。

我放下左手拿著的麵包，發現自己一直看著通話紀錄上「關子滐」三個字，心裡好像有種難以形容的感覺，好像有一點點緊張、有一點點心跳加快、有一點點喜悅。

該不該回電呢？

基於禮貌，好像應該回電的，只是距離他撥電話來的時間，已經過了將近四個小時，現在回撥會不會太遲了一點？好吧！就算不會，但是開頭的第一句話我該說什麼？如果他冷冷地回了句「沒事」，那我應該要接什麼話才不會尷尬？

我握著手機，猶豫著。

而且愈想，緊張感就愈是直線攀升。

猶豫了好久，我終於決定按下綠色通話鍵。

第一個嘟聲，我吸了一口氣，希望自己的呼吸能夠平緩一點。

第二個嘟聲，我緊張地閉上了眼，但願自己的心跳可以慢一點。

第三個嘟聲，我暗自提醒自己待會兒說話時千萬要自自然然的，不要讓他察覺到我的緊張。

第四個嘟聲，當我想到這好像是我上了大學以來，第一次爲了不是報告或班上的事打電話給異性朋友時，我發現腦子緊張得陷入一片空白。

第五個嘟聲，話筒傳來的是語音小姐告知已經轉進語音信箱的機械錄音……

於是我放下手機，盯著手中的手機，猶豫該不該撥打第二通。

他在忙嗎？在睡覺嗎？還是不方便接電話？應該不是不想接我的電話吧？如果繼續打的話，會不會太不上道，惹人厭煩呢？我和他又不是很熟，一直打不會怪怪的嗎？

我吸了一口氣，想讓自己平靜下來，因爲我沒想到，短短的幾秒內，我的腦子裡就浮現了好多的問號，雖然想太多的情況連我自己都覺得好笑，但我卻還是提不起那種可以讓自己什麼都別想，再次進入通話選單按下綠色通話鍵的勇氣。

算了！別打好了。

把手機放下，我決定繼續吃我的麵包大餐。我再咬了一口麵包，手機正好響了起來。

我拿起手機，然後還因爲太緊張的關係，手機差一點從手上滑了下來。

我看了一眼來電顯示，是關子滐沒錯。

「剛剛打電話給我？」我還沒「喂」出聲，關子滐就先問了我。除了他的聲音外，我還聽見了機車的引擎聲以及來往車輛的聲音。

「是啊。」我放下手上的麵包。

「下午打電話給妳，妳沒接。」他用隔著話筒都聽得出來很疲倦的聲音說著，而且引擎聲停了。

「那時候從圖書館出來，跟淨霞說完電話就放進包包裡了，所以沒有聽見，」我笑了笑，「抱歉。」

「沒關係，我聽阿飛說妳有事找我？呃……還是什麼東西要拿給我？」

「喔……有一個東西是要給你的，不過不是太重要，如果你沒空，其實改天再……」

「我在樓下。」他咳了咳。

「啊？」我驚訝地站起身，衝到窗戶旁，打開玻璃窗往下看，和那天一樣又看見了正往上望的關子滐，「你怎麼會來？」

「這句話，聽起來好像不怎麼歡迎我？」

「不是，我沒有這樣的意思。」

「開玩笑的，怎麼緊張成這樣？」他哈哈地笑了笑，很爽朗的那種笑聲，「對了，妳吃晚餐沒？」

「呃……」我瞥了一眼和室桌上的麵包和牛奶，「正在吃。」

「那正巧，我也買了一大包魯味，上去跟妳一起吃怎麼樣？如果妳不介意的話。」

「上來喔？」環視了一下我乏善可陳的房間，坦白說我有點猶豫。

「是啊！阿飛不知道跑到哪裡去了，現在沒人陪我吃晚餐，」他停頓了幾秒，「如果介意的話，那也沒關係。」

「不……不是！」話一說完，我發現我好像回答得有點急促，似乎不希望他誤會了什麼。

「所以妳不介意囉？」

「嗯，我下樓幫你開門。」

「謝謝妳！」

「等我一下喔。」

「以星！等等！」本想掛了電話的我，突然聽見他喊了一聲。

「加件外套吧！」

「喔。」我愣了一下，嘴角不自覺上揚，並且拿起桌上的鑰匙往門外走去。

25

明明已經是上了大學的第二個年頭了，卻是第一次有男孩到我的住處來。

雖然不過是一起吃個晚餐而已，但這種感覺就是怪怪的，而且很難形容。

從關子溧踏進房裡的第一步開始，我的心臟就一直沒有回復到正常的跳動速度，而且很誇張，我和他並肩坐在電視前共處了將近二十分鐘之久，卻仍未想好應該怎麼辦才好。所以我只是假裝很認眞地盯著電視，然後弓起了膝一句話也不說地咬著麵包配牛奶。

「這是晚餐嗎？怎麼只吃這些？」

「嗯？」他突然開口，讓我從緊張中回過神來。

「吃這些會飽嗎？」

「呃……有時候我跟淨霞都是這樣吃的。」我微微轉頭笑了笑，但卻因爲沒有近距離正視他的勇氣，而把目光停在桌上的魯味上。

「多吃一點魯味，其實我買的是兩人份。」他邊說，邊把衛生筷從塑膠套裡拿出來，遞到我眼前。

「謝謝。」我放下麵包，拿起筷子夾了一塊豆干。

「我這個不速之客，是不是來得很不是時候？」他側身認眞地看著我。

他的問題讓我停頓了幾秒，我想他一定察覺到我的不自在，「對不起，我只是有一點……」

「如果打擾了妳做什麼的話，眞的很抱歉。」

「沒有！」我苦笑了一下，「我只是有點緊張而已。」

「緊張什麼？怕我……」

「不是！我不是怕你對我……我只是、只是很少有機會和……哎唷！」我急著否認，手舉起來猛揮著，語無倫次，自己都不知道自己到底在說什麼。

「啊？」他停頓了兩秒，然後恍然大悟般地哈哈笑了出來，「不要誤會，我只是在想妳是不是怕我一坐坐三四個小時不走啦！」

我皺了皺眉，懊惱自己似乎又把整個狀況弄到很僵，「對不起……」小聲地，我嘆了一口氣。

「這不需要說對不起的啊！該說抱歉的人是我，是我自己突然過來的，」他用溫柔的聲音說：「結果害妳緊張成這樣。」

「這是我的問題，說了不怕你笑，我沒有和男生這樣獨處過，所以……」

「我懂，」他帶著笑意，瞇起眼睛看著我，「又臉紅了，眞可愛。」

「又臉紅了？」我拍拍自己的臉，尷尬地苦笑了一下。

「快吃吧！」他指了指魯味，「都快涼了。」

「嗯。」我點點頭，心裡好像有一種鬆了一口氣的感覺。

「其實……」他放下了筷子，將手枕在後腦勺，然後背靠著牆，「我今天啊，只是不想一個人在住處吃這一大包魯味。」

「嗯？」我放下筷子，疑惑地看著他。

「哈！應該說是不想孤單地吃晚餐吧。」他揚起了嘴角笑了笑，但其實我沒有忽略掉他上一刻的眼神裡，閃過了一種好認眞的情緒。

「你心情不好嗎？」

「倒也不是，只是有時候不想一個人而已。」他又笑了，但我卻發現這是很少出現在關子澟臉上的笑容。

因爲他笑得好像有點疲倦、有點淡淡的憂傷、有點什麼我說不上來的情緒。

我點點頭，「你們打工的店裡，發生了什麼事嗎？」

「嗯？」他瞥了我一眼。

「我……」我揮揮手，「如果不方便講也無妨，我不是要探人隱私的。」

「哈！不會啦，我沒有覺得妳在八卦的意思，我只是在想說出來會不會嚇壞妳這個資優生寶寶。」

「啊？」

「不過其實也沒什麼，也就是一群人喝了點酒，意見不合起了衝突，或是爲了某個女生，雙方的人馬嗆聲這樣而已。」他吐了一口氣，一副不太認同的樣子。

「好恐怖。」我皺了皺眉，一直以爲這種情節通常只會出現在電視上。

「其實這種狀況，從我大一在那裡打工到現在，已經遇過好幾次了。」

「那你跟阿飛，也要加入勸架的行列嗎？」

「當然。」他苦笑了一下。

「好危險，」我的眉頭不自覺地又皺緊了些，瞄了瞄他的臉和手臂，「那你們沒有受傷吧？」

他搖搖頭，「沒有，幸好本人我練過幾年空手道，這種該保護自己的場面我還罩得住啦。」

「如果可以的話，就換個打工的場所吧！」也許我是沒膽量了一點，但在起衝突的當下，不是每一次都能夠全身而退的。

「沒辦法！」他聳了聳肩，一副無奈的樣子。

「為什麼？」我睜大了眼。

「因為我跟店老闆簽了賣身契。」

「賣身契？」我的眼睛睜得更大了。

「騙妳的！」他呵呵笑了笑，然後稍稍挪動身子，稍稍仰頭看天花板，「其實，有時候覺得妳挺厲害的。」

「怎麼說？」

「好像不管什麼時候，一個人也沒關係。」

「你的意思是指一個人獨處嗎？」

「是啊！」

「我習慣了。」我聳聳肩，「雖然我不會與人交惡，但你也知道我個性悶、放不開，所以從以前到現在知心的朋友是數得出來的，大學階段呢，到目前為止也只和淨霞熟而已，所以很習慣一個人獨處時該做什麼、可以做什麼，不要讓自己被孤單吞噬掉。」說完，連我都為自己的實話實說感到驚訝，我很少和人分享這些的。

他抿抿嘴，好像思考了什麼似地笑了起來，「這麼聽起來，我應該多多跟妳請教才是。」

「你才不需要跟我請教！你朋友這麼多。」

「朋友多不見得就不孤單。」

「至少隨便吆喝一聲，還是會有一群朋友來陪你的，」我不以爲然地反駁，「不像我，就算喊破了喉嚨，也只有淨霞會來救我。」

「哈哈！」他坐直了身子，「這句話很有笑點。」

「竟然踩在我的心酸血淚史上笑！」也許被他的微笑感染了，我也開起玩笑來。

「哈！」他再次笑出聲，「開玩笑的功力又進步囉！」

我看著他，沒有說話，但我臉上的笑意卻沒有停止，還想起了那天他說我「很有潛力」。

好像，被他稱讚了，哪怕是個微不足道的事，都還是能讓自己有種小小的得意或是開心。

「快吃吧！這些東西再涼一點就更不好吃了。」他拿起桌上的筷子，指著魯味。

「好。」我也拿起筷子，夾了一塊米血放進嘴裡，像剛剛一樣，把目光移向電視。

「我們算是朋友了吧？」

「嗯？」我驚訝地看向他。

「我可是已經把妳當成我的朋友了喔，所以如果淨霞沒空，妳也不介意的話……」他微微揚起嘴角，「不用喊破喉嚨，還有我在。」

26

「我自己下去就行了。」他很堅持。

「呃……好吧！」我點點頭，然後看著他把門闔上。

關子滐剛剛說了那些話之後，我和他的獨處其實陷入了短暫的沉默裡，雖然偶爾還是會回應一下他說的話，但大部份的時候，我的眼睛是一直盯著電視的，而我的手也是有一搭沒一搭地夾起魯味放在嘴裡。不過，我的整個思緒都還是繞在關子滐說的話上頭打轉。

我知道關子滐的意思，也不會把他所說的「朋友」和「還有我在」這樣的話語錯誤理解，自以為他對我有超乎朋友之外的感覺。

但我還是爲了他說的這些話而感動，並在心中漾起了一圈圈小小的漣漪。

也許是因爲我的朋友很少。

也許是因爲，和我好一點異性朋友，只有住在我家隔壁大我三歲，正在攻讀台大研究所的大哥哥而已。

也許是因爲，我從沒想過像我這樣平凡到不行的路人甲，也能被如此引人注目的關子溦當成朋友。

人與人之間的交往，往往是自自然然、不需要言語解釋的。今天關子溦會坐在我身邊和我一起吃飯一起聊天，說起來早就算是一種朋友之間才會做的事，根本不需要特別說些什麼去證明的。

但很奇妙，當我從他口中聽見了這樣的話，心裡就是有一種莫名的情緒……

鎖上房東好心幫我加裝的安全鎖，我轉身往書桌走去，瞥見了關子溦剛剛幫我一起清理乾淨的和室桌，覺得他眞的很貼心。

我坐在書桌前，瞥見被我放在一旁裝了十字架鑰匙圈的小紙袋，這才想起今天急著找關子溦，而關子溦也來找我的原因……

我趕緊站起身，打開窗戶往下看，卻只看見他停在樓下的機車。我趕緊拿起手機，在剛剛的通話選單上按了通話鍵。

在響了幾聲之後，他接了手機。「關子滐！」

「怎麼了？」

「你還在樓梯間嗎？」

「在一樓了。」

「先在原地等我一下，我有東西要拿給你！」

「什麼東西？」關子滐問我。

「你在那等我就對了！」說完，我拿了桌上的小紙袋和住處鑰匙，往門口跑去。

我跑到三樓樓梯的轉角，就遇到了關子滐。

我大口大口地喘氣，抬頭看他，「叫你在一樓等我就好啊！」

「我腿比較長，走得比妳快，」他帶著笑意說著，「而且我記得有人體育成績不怎麼好，我花十秒的時間，搞不好妳會花上一分鐘。」

「沒有那麼誇張。」我抿抿嘴，但還是急促地呼吸著，黑框眼鏡上的鏡片因此變得白濛濛的。

「什麼東西要拿給我？」

爲了讓鏡片上的霧氣散去，我一手把眼鏡拿下，再把另一隻手上的小紙袋遞給他，「這個。」

「這是？」他接下紙袋。

「逛夜市那天買的。」

他微笑地點了點頭，接著把鑰匙圈從小紙袋裡倒了出來，「十字架啊……」

「我和淨霞都覺得跟你項鍊上的十字架很像，」我把目光移到他脖子上的十字架，「所以就買下來了。」

「謝謝。」他還是帶著微笑，並且從口袋裡拿出一串鑰匙，俐落地把十字架鑰匙圈套上，「那我要把它掛起來囉！」

「你……喜歡嗎？」我仰頭看著他。

「當然，和我的項鍊是一組耶。」

「呼，我原本還很擔心你會不喜歡。」

「怎麼會？」

「那……我先上去了，你路上小心。」我戴上眼鏡。

他揮揮手，「拜！」

我轉身上樓之後，他也轉身往樓下走去。

走到住處門口，我把鑰匙插進鑰匙孔裡轉開門把的那一剎那，聽見了房裡傳來的手機簡訊聲。

進到房間後，我想鐵定又是廣告簡訊，不疾不徐地拿起手機檢視，沒想到看見的竟然是關子滐傳來的簡訊。

「謝謝妳的禮物，我眞的很喜歡。還有，其實妳的眼睛很漂亮，我覺得可以嘗試戴隱形眼鏡。」

27

在幹部的努力下，我們和那個傳說中是帥哥美女班的聯合班遊終於成行。

租了兩輛遊覽車，雙方參加的人數算是踴躍。

只是，原本的溯溪活動因爲合辦的班級有意見，最後決定改成泛舟。

決定以泛舟取代溯溪的那天，我回到住處立刻上網查了一下與泛舟有關的訊息，畢竟對於不會游泳的我而言，只要是所謂的水上活動，都具有某種程度的恐怖感。

然後在看了一些網友在部落格上分享的經驗談與照片之後，我更加確定不管平常的我再怎麼沒有原則、再怎麼沒個性，這一次我一定要堅決表示自己絕對不參加泛舟活動的決心。

今天雖然是假日，但路上並沒有塞車，我一邊看著沿途的風景一幕幕往後退去，一邊在心裡思考我該想什麼理由讓自己可以理所當然地不參加泛舟。

「以星，還在擔心泛舟的事情啊？」

「嗯。」我把目光從窗外的風景移向淨霞，我在想什麼她似乎永遠都能猜中，真不愧是我最要好的朋友。

「別怕啦！泛舟的時候，會讓每個人都穿上救生衣，就算不小心跌下來，也不必怕溺水啊！」

「可是光想到要在水上活動，我就全身發軟。」我實話實說，心裡也很無奈。

這種無奈，我不知道淨霞懂不懂。像有些人小時候曾經被狗追或被狗咬，長大後就特別怕狗；有些人有過溺水的經驗，只要是與水有關的活動，就會莫名抗拒……總之人們的畏懼好像總會有個因，然後才有個果。不過奇怪的是，在我記憶裡似乎沒有溺水的經驗，但對於水上活動就是完全沒輒。

「可是泛舟真的超緊張刺激又有趣的，不玩妳絕對會後悔。」

「淨霞……」我苦惱地看著一說到泛舟眼睛就亮了起來的淨霞，「如果可以的話，我真的不想參加。」

的，就會改變主意也說不定。」

「以星……」

「我眞的不敢玩嘛。」

淨霞吐了一口氣，嘟起嘴說：「好啦！沒關係，說不定到時候妳看大家都興致勃勃

「對不起啦淨霞。」我苦笑。

「這有什麼好對不起的。」淨霞立刻換上了甜甜的微笑，拍了拍我的肩，「到時候妳先觀察一下，眞的不敢玩的話打個暗號給我，我再幫妳找理由。」

「謝謝……」我不禁覺得感動。但我的話才說到一半，和淨霞兩個人的注意力便同時被阿飛與關子滐的聲音吸引了過去。

他們正拿著麥克風一搭一唱，站在靠前排的中間走道上，努力炒熱車上氣氛。

不免俗地，在請司機先生替我們開啓了車內卡拉ＯＫ之後，爲了帶動氣氛，關子滐和阿飛還率先合唱了一首〈拔河〉。

「老天爺眞不公平。」淨霞用力地拍了拍手，嘟起了嘴像喃喃自語般地說。

「怎麼了？」我微微一笑。

「沒啊！他們長得帥就算了，連唱歌都好聽，好像所有的好事都被他們包辦了。」

「呵！」我點點頭，剛才其實有一度我也陷入了他們好聽的歌聲中。

「現在，這兩本歌本傳下去，請大家踴躍點歌喔！看看大家是要魅力獨唱或是深情對唱都可以！」阿飛甚至故意牽起了關子澿的手，假裝要往他臉上親下去。

這舉動不僅引起了我們班同學的尖叫，連和我們一起的外系班上的女孩子都驚呼著「不可以！」

「所以大家快快選歌吧！不夠踴躍以致於空檔太長的話，我們就只好抽籤決定了。」關子澿作勢揍了阿飛一下之後，笑著宣布。

不過，關子澿擔心的「空檔太長」根本是多餘。在短短二十分鐘裡，輸入的曲目已經爆滿，大家開始瘋狂地點歌、獨唱、合唱、大合唱……

總之，大家鬧成一團，連只是在自己位置上輕輕跟著大家隨便哼哼的我，都因爲感受到歡愉氣氛，不由得開心了起來。

「下一首應該是我的了！」在外系的同學唱完梁靜茹的〈暖暖〉這首歌之後，關子澿拿起麥克風。

「哇！阿澿還要唱歌耶！」淨霞看著我，一副相當期待的樣子，而且在淨霞的驚呼之後，我發現好像整車的人也捧場地歡呼了起來，甚至還誇張地不斷鼓掌著。

「眞的好誇張喔。」我帶著笑意對淨霞說。

「妳不知道阿澿是人氣王喔！」淨霞白了我一眼，好像因爲同班同學受歡迎而沾光，露出得意的表情。

「不知道他要唱什麼歌……」我點點頭表示認同，然後在我喃喃自語之際，看見了電視螢幕上出現的三個字，「珊瑚海？」

「大家安靜一下，」關子渫清清喉嚨，帶著微笑向大家宣布，而原本正high成一團的同學們竟也很合作地快速安靜下來，似乎都在等著關子渫繼續往下說。

我偷瞄了車上的同學一眼，心想這應該就是「引人注目的人會有的魅力」吧！就算只是拿起了麥克風講了一、兩句話，還是可以讓大家聚焦在他身上。

「這首歌我要請一個好朋友陪我一起唱。」透過麥克風傳出關子渫的聲音。

「阿渫你要跟誰唱？」同班的小古也跟著炒熱氣氛。

原本坐在座位上的阿飛也笑嘻嘻地冒出頭來，皺眉的表情十分誇張，把手中的麥克風遞給關子渫，「阿渫，女生段落的高音我可唱不上去啊！你另外找合唱者啦。」

「阿飛，你少臭美。」用另一隻手接過麥克風，關子渫沒好氣地瞥了阿飛一眼，然後帶著微笑往前走了兩、三步。

「阿渫，我和你合唱。」坐在中後段座位的佳容大聲地說，大方的態度還引起了幾個男孩吹口哨起鬨。

「下一首吧！」關子渫禮貌地對佳容笑了笑，我發現他連拒絕人家都很帥氣。

「他啊！已經有合唱的人選囉！」阿飛將手環在嘴邊，大聲說著。

然後，在我隱約聽見大家正在竊竊私語地討論關子淼究竟要和哪位「好朋友」合唱時，他在我面前停下腳步，把麥克風拿到我面前，「陪我唱。」

「啊？」我還是看著他，腦子一片空白。

「陪我唱。」

28

我整顆心跳得好快，無法控制。

在和關子淼唱完〈珊瑚海〉之後，其他同學已經唱完了好幾首歌曲，我的心還是這麼不受控制，甚至連已經抵達了目的地的現在，我還是有種彷彿作了一場夢地沒有眞實感。

糟糕的是，從剛剛開始沉浸在我整個腦子裡的，都是〈珊瑚海〉的旋律，以及合唱時關子淼臉上投入的表情和專注的眼神。

一開始，我拚了命拒絕，但當時連淨霞都站起來把自己的座位讓給關子滐，當他對我說「緊張的話就坐在位置上唱好了」，我突然失去了拒絕的勇氣，只是呆呆地拿起麥克風，連一句拒絕的話也說不出口。

當時心裡甚至有個小小的聲音，隱隱約約不斷地提醒自己，如果拒絕關子滐，我一定會後悔的。

但，我的心，卻從那時候開始，就一直怦怦地跳得好快。

從第一句歌詞到最後一句，從獨唱再到合唱，每一刻都跳得好快。

「以星？以星？」

「嗯？」

「在想什麼啊？叫妳好幾聲了耶。」淨霞邊說，邊把民宿的房間鑰匙插進鑰匙孔內。

「喔……抱歉，」我尷尬地笑了笑，跟在淨霞後頭踏進房間，沒想到另外兩位同房間的同學已經放好行李了，「她們都已經把行李放進來了啊？動作好快。」

「當然囉，參加這種活動手腳太慢可是會後悔莫及的。」

「什麼意思？」

「就像是破蛋的小鳥兒見到母鳥的心情啊！何況在這種幾乎都不認識的活動裡，最早接觸的彼此，通常會有比較好的印象，呃……大概就是一種革命情感吧！」淨霞像個經驗老到的長者，把行李擱在一旁後，坐在彈簧床上看著我。

「呃……」我細細地思考淨霞說的話，然後也在彈簧床上坐了下來，軟軟的彈簧床還彈了好幾下。

「我們剛到一個新班級時，通常不也是會跟坐在附近的人先成爲朋友，因爲對很多事都不熟悉的關係，所以會一起摸索新的生活嗎？」

我點點頭，經淨霞這麼一說，我想起了自己和淨霞認識的經過，「就像我和妳一樣，對嗎？」

「嗯啊！所以我們成了好朋友，做什麼幾乎都在一起，妳想想若是換成男生女生，不就可能醞釀了好的開始？」淨霞揚起了眉，表情超得意。

「好像眞的有這麼一回事。」我點點頭，發現淨霞的話好像也有那麼一點道理。

「當然，」淨霞抿抿嘴，「這是我多年來悟出來的定論。」

「愛情專家李淨霞重現江湖？」我笑了笑。

「沒錯。」淨霞仰起了下巴，雙手交握在胸前，儼然一副專家的模樣，「對了！以星！妳眞是深藏不露耶。」

「什麼？」

「今天那首〈珊瑚海〉唱得好讚。」淨霞興奮地拉著我的手，用崇拜的眼神看著我，「阿滐說要跟妳合唱時，佳容臉上那種錯愕跟嫉妒的表情，想到就超開心的。」

我看了得意極了的淨霞一眼，不自覺地嘟起嘴，苦笑了一下，「關子滐說要跟我合唱的時候，我眞的好緊張，很想拒絕他，可是手就不自覺地把麥克風接下來了……」

「緊張？」淨霞的眼睛睜得大大的。

「是啊！很緊張。」我吐了一口氣，在淨霞面前，我都是實話實說的。

「可是我覺得妳唱得超棒的耶！半個音也沒跑掉，一點也不像緊張的樣子。」

「也許是因爲小時候學過鋼琴的關係，所以音準還算不差吧。」

「這也不是單單是音準好不好的問題啊！是歌喉好！總之妳和阿滐的合唱整個就是超自然、超有fu的！」

「大概因爲對象是關子滐的關係，和他合唱的時候很安心，不過一開始，我的心跳眞的快到有點誇張，」我再吐了一口氣，拍拍自己的胸口，「現在也是啊！像這樣再講到合唱的事，心臟就開始不爭氣起來了。」

「妳確定是緊張？」淨霞的眼睛骨碌碌地轉著。

「是啊！」

淨霞揮揮手打斷了我的話，「我倒是認爲緊張自然是難免，但如果只是單純的緊張，那爲什麼現在想到心跳也會加快啊？」

「妳知道我的個性就是比較……」

「就算是個性再內向也不可能緊張這麼久吧？」

「可是……」我皺起了眉，嘴巴想反駁，卻又暫時找不出什麼可以反駁的話。

「我覺得是因爲跟關子滐合唱的關係。」淨霞雙手交握在胸前，愛情專家的姿態再度出現，在我還來不及反駁的時候直接反駁了我，「這是所謂的『男女合唱的默契』。」

「男女合唱的默契？」

「嗯啊！因爲彼此之間的感情正在……」淨霞認眞地說著，不過似乎因爲看見我皺起了眉的表情，噗嗤地笑了出來，「好啦！跟妳開玩笑的，不過我眞的很喜歡你們合唱的感覺喔！超級好聽。」

「呵！唱歌應該是我唯一一項還說得出來的長處吧！」我聳聳肩。

「陳以星同學！」淨霞故意換上一個凶狠的表情，「又開始沒自信了，不是說好要加油的嗎？」

我苦笑了一下，「嗯。」

「要有自信一點喔！」淨霞搭著我的肩，拍了拍。

「我會的。」我點點頭，正巧淨霞的手機鈴聲響了起來。

才剛接起電話，淨霞原本帶著歡愉的笑臉，就在瞬間凝成了冰，「好啦！我知道，再讓我考慮一下，我……喂！媽？」

看著淨霞氣呼呼地把手機「啪」地一聲蓋上，我想我大概已經可以猜出來淨霞和她媽媽又爲了相同的事情起爭執了。

淨霞的爸爸在淨霞國中的時候就有了外遇，她的媽媽一直選擇睜一隻眼閉一隻眼，不過夫妻也因爲這件事常常吵個不停，去年淨霞的媽媽也許是死了心，決定放棄這段婚姻，到日本去居住一陣子，也因此，在做了這樣的決定之後，淨霞就常常因爲要不要一起去日本而和媽媽起爭執，從大一上學期開始，就一直是這樣了。

「討厭死了！」淨霞生氣地哼了一聲，「大人的事爲什麼老是要牽扯到我們身上！」

「淨霞，我覺得你們是不是應該找個時間，全家人坐下來好好談一談會比較好？」

「破掉了的鏡子是不會再還原的，就算勉強補起來，裂痕還是存在，」淨霞苦澀地笑了笑，「我們出去集合吧！不要管他們的事了。」

29

拿了隨身的小包包，我們便往集合的地點——民宿前的廣場移動。

在掛斷電話之後，淨霞還是像平常一樣嘻嘻哈哈地和我交談，好像沒有接到過那通電話，沒有剛剛的不開心，沒有煩心過一樣。

不過，就算淨霞一樣笑笑的，表面上看起來和平常沒什麼兩樣，但我知道她其實一直把這件事情掛在心上，也許因爲不想掃大家的興，不想把這樣的不開心表現出來，所以勉強自己暫時不理會。

「淨霞……」在通往樓梯口的走廊上，我停下了腳步，輕輕拉了淨霞的手臂。

「怎麼啦？」淨霞也停了下來，揚起了眉問我。

「不開心的話，一定要跟我說，別忘了我很樂意當妳的……」

「垃圾桶。」平常我總是這樣告訴淨霞，所以淨霞輕鬆地接了我的話，還對我露出甜甜的微笑，「我會的，不過啊！我暫時不想管這種討厭的事，我要漂漂亮亮、開開心心參加這次活動，愁眉苦臉的怎麼把佳容將軍？」

「噗！」看淨霞有自信又搞笑的樣子，我噗嗤地笑了出來。

「走吧！我沒事的。」

「嗯。」點點頭，我和淨霞很有默契地同時邁開步伐，繼續走向樓梯口。不過才走幾步路，我們就再度很有默契地停下了腳步。

我們聽到了樓梯口那頭傳來幾個女孩邊走邊交談的聲音，而且還清楚地聽到了「阿滐」跟「陳以星」這樣的字眼。

淨霞拉了拉我的手，要我繼續往前。儘管我知道自己應該假裝什麼也沒聽見，但我的腳卻沒用地像黏上三秒膠一般無法動彈，唯一的念頭就是祈禱她們快快走下樓，甚至不要發現我。

「唱是唱得不錯啦！」伴隨著下樓的腳步聲，某個女孩說著。

「如果沒看到本人的話，還眞的會以爲是個美女呢！沒想到是個戴著黑色膠框眼鏡的書呆子。」另一個女孩搭腔。

「看她陶醉的花痴樣，還眞好笑。」

「是啊！眞不知道阿滐是哪根筋不對！雖然我也看不順眼他們班的佳容，但想到阿滐竟然拒絕佳容，主動邀請那個什麼星的合唱，眞的跌破我眼鏡耶。」這個女孩帶了點娃娃音的聲音，好像有點熟悉。

「哎喲！阿滐他們是公關，難免要炒熱氣氛什麼的，」女孩還誇張地嘆了一口氣，

「希望那個看起來只會讀書的『陳一星』不要誤會了什麼喔！」

「是啊！待會兒好好來問問阿滐，看他什麼時候改吃素了。」

這些話，我想是真的很有笑點，可是迴盪在樓梯間的女孩們的笑聲，卻讓此刻的我感到無地自容。

「喂！」淨霞突然大聲地喊了一聲，氣沖沖地快快走到樓梯口，對著她們說：「原來是妳們啊！妳們到底說夠了沒啊？」

「淨霞，沒關係啦！」我跑到淨霞身邊，拉了拉她的手，這才看清楚原來這一群女孩裡，其中的三個就是那天在夜市的關東煮攤子上遇到的女孩，難怪覺得那個娃娃音很熟悉。

「以星，她們太過分了，」淨霞先是看著我，再瞪著她們，「怎麼？阿滐找我們以星合唱，吃醋了是不是？這麼想跟阿滐合唱，剛剛幹麼不舉手？只是也對啦！如果像佳容那樣被拒絕的話，怕面子不知道該往哪裡擺喔！」

「妳……」

「我怎樣？」

「妳們給我記著。」

「這句話應該是我說的吧！酸葡萄心理。」淨霞還是一副天不怕地不怕的模樣。

「哼，不跟妳們計較，時間差不多了，我們走吧！」

「不想計較的是我們才對。」淨霞又不甘示弱地補了一句，「以星我們也快走。」

說完，便拉著我的手從她們身邊走過，往樓下走去。

30

接下來，等兩個班級的人都在民宿前的廣場集合完畢後，便進行所謂的「相見歡」活動，這樣的活動無非是藉著小遊戲，拉近大家的距離。

雙方班級的幹部把這些小活動設計得不僅有趣也很恰當，經過這樣的暖身後，整個團體的氣氛比一開始要來得熱絡多了，原本不怎麼熟悉的男孩女孩，好像變得更熟悉了點，彼此的互動想當然爾也自然了些。

不過，儘管我因爲阿飛的搞笑而笑開了，也因爲遊戲而覺得開心，但明明身處團體中的我，卻還是有一種置身在團體外，格格不入的感覺，總覺得我的存在有點多餘，少了我也沒什麼關係。

我甚至已經開始後悔爲什麼要答應參加這次活動，讓自己處在自己完全不能適應的情境中。

我知道我會這麼放不開，完全是源於自己這要不得的害羞個性，但是不知怎麼地，我好像就是無法把剛剛那群女孩的話完全忽略，腦子裡浮現的，全都是「書呆子」、「花痴」……等等的字眼。

因爲無法忽略，現在的我比往常在團體中更放不開，更神經質地覺得那群女孩正拿著放大鏡審視著我。

「各位同學，請大家看到這邊來！」外系的公關大聲宣布，拉回了我的思緒。「因爲參加的人數很多，爲了讓大家多認識其他人，所以在出發之前，我們已經做好了分組的籤，等一下籤筒傳到面前時，請大家抽一下幸運的分組籤。」阿飛高舉著籤筒，對著大家宣布。

「要抽籤決定分組啊……」我看了一眼淨霞，再看著隊伍前方的阿飛，最後我的目光卻停在阿飛身旁的關子灤身上。

「沒辦法，不用抽籤的方式，大家一定又只跟熟的人一組。」淨霞聳聳肩，目光同樣停在前方。

「嗯嗯……」本來想向淨霞坦承自己有點擔心抽籤的結果，不過我卻一句話也沒有說，因爲我的目光一直專注地停在關子滐身上，而且我還發現在燦爛的豔陽下，好像連他淡淡的微笑都變得很陽光。

也許是一種欣賞，或者是看著、看著、看到著了迷，因爲我發現我注視的焦點好像一直不願離開關子滐。

不過，當我決定讓自己放肆地注視關子滐時，突然想到樓梯間那幾位女孩的對話內容，而那摻雜著腳步聲的訕笑好像也在我耳邊響起，逼得我不得不收回自己在上一刻想放肆注目的衝動。

被她們看見，也許又會笑我是陶醉的花痴樣了吧？

「以星，怎麼了？」淨霞再拍了拍我的肩，問我。

「啊？沒有啊！」

「我跟妳說過，不要太在意她們，還有，抽籤的事也別擔心。」眞不愧是淨霞，一次就說中了我心裡的兩個擔心。

「嗯，」我苦笑了一下，「眞希望可以和妳同一組。」

「一定會的。」淨霞笑了笑，然後對我眨了眨眼。

「老天爺會保佑嗎？」看著淨霞的笑，我不由得揚起嘴角。

「當然，不過有些事還不需要老天爺煩心的，祂老人家這麼忙。」

「嗯？什麼意思？」

「祕密。」

31

老天爺眞的很好心，不僅讓我和淨霞抽到了同一組，連關子溧和阿飛也和我們一起。

雖然這樣形容似乎有點誇張，但是分組完畢後，我眞的像放下了心中的大石般開心，如果說自己沒有爲了能跟關子溧同一組而有一絲竊喜，其實是騙人的。

所以，一直到各組領取了烤肉用具與食材、選取烤肉場地、再到一切都底定，而我正在清洗食材的現在，我心裡還不停地在感謝老天爺。

我忍不住想跟淨霞分享自己心裡對老天爺的感謝時，淨霞神祕兮兮地把一盤已經包上鋁箔紙的金針菇放在一旁，然後走近我身邊。

「噓。」淨霞在嘴邊比了食指，「以星，妳這麼大聲，不怕佳容嫉妒嗎？」

我笑了笑，瞄了一眼離我們兩個烤肉區外的佳容一眼，「李淨霞同學眞的有擔心過佳容什麼嗎？」

「哈哈！知我者以星也，」淨霞又靠近了一些，還很江湖的地拍拍我的肩，然後在我耳邊用氣聲說著，「我剛剛不是跟妳說老天爺祂老人家根本不需要爲了這種小事煩心嗎？」

「嗯，」我點點頭，「所以……」

「所以，只要拜託阿飛或阿滐幫忙一下，事情就簡單多了不是？」

「幫忙？」我驚訝得忘了控制音量，「所以是動手腳？」

「噓！」淨霞急忙摀住了我的嘴，皺起眉看了看四周，「這種事可是要低調的。」

我緊張地吸了一口氣，眼神又不自覺地往佳容那裡飄去，確定她什麼都沒聽到，我才眞的鬆了一口氣。這種緊張讓我想起國小四年級某次考試，隔壁同學寫了答案的小紙團滾到我腳邊，我不知道該怎麼辦，笨手笨腳地把小紙團撿起來然後交給隔壁同學，而且重點是明明做起來不超過一分鐘的連續動作，卻讓我手腳發冷到整節課結束。

「那關子滐他們沒有拒絕妳嗎？」

「開玩笑！」淨霞皺了皺鼻子，「在我的威脅下，他們怎麼可能拒絕我？更何況也是他們邀請妳來的，所以也要負起保護妳的責任啊！」

「保護？」我睜大了眼睛，「我又不是三歲小孩，需要用到保護這樣的字眼嗎？」

「當然是誇張了一點啦！」淨霞嘿嘿嘿地笑了，「不過說眞的，當我請他們幫忙的時候，他們連考慮都沒考慮就答應我了。」

「原來如此，我還以爲這一切都是……」我苦笑了一下，竟然眞以爲是我們運氣好才有這樣的好籤運。

「以星妳太天眞了啦！雖然這樣的機率也不是完全沒有。」

「希望不會有人覺得奇怪……」

「管他的，反正已經成定局啦！我雖然覺得黑箱作業不怎麼應該，但一想到不管是佳容還是茱麗她們那群人那種不善的樣子，我也不得不自動合理化這樣的行爲。」淨霞聳聳肩，露出一副無可奈何的表情，我想，如果別人知道了這件事，又看見淨霞這種態度，肯定會氣得牙癢癢的。

「也算是替天行道就對了？」我先把切好的米血整齊地放在紙盤上。

「當然，怎麼可以把阿飛和阿濼輕易丟在外系呢？『肥水不落外人田』嘛。」

「那些女生聽見妳這樣形容她們一定會昏倒。」我因爲淨霞的話而笑了出來，這一刻，在碳烤區的阿飛朝著我們大喊，「可以開始烤囉！東西洗好了嗎？」

「好了！我們等一下就端過去！」淨霞邊喊邊手腳俐落地切著青椒。

「我先把這些拿去好了。」

「嗯，」淨霞連頭都沒抬，「先讓大家止飢一下。」

「那我先端去囉！」我端起裝了米血的紙盤，然後「啊！」地一聲叫了出來。因爲在某個熟悉的低沉嗓音說了，「我來幫忙拿一些東西……」之後，我的手臂不小心撞到了聲音的主人，害得紙盤裡的米血差點掉了出來。

「小心！」他往前跨了一小步，靈活地接好盤子，對我露出淡淡的微笑，「幸好，我們這組差一點就沒有米血吃了。」

「對不起！我嚇了一跳，不知道你已經要過來端了，眞的……」

「眞的沒關係。」

「呃……」

「我說阿濼和以星啊！」淨霞微微側身，帶著曖昧的笑容看著我們。

「啊？」我們異口同聲。

「現在是在演偶像劇嗎？」淨霞抿抿嘴，用手中切青椒的水果刀指著我手中的紙盤。

「什麼意思？」再瞄了淨霞手上鋒利的刀了一眼後，我疑惑地看著淨霞。

「對啊？什麼意思？」關子濼聳聳肩，表情看起來也很疑惑的樣子。

「偶像劇的男女主角，不是常常會牽住或握住對方的手而不自覺嗎？」

「是啊！可是我們又沒……」

當我什麼都沒想，直覺想反駁淨霞時，才發現關子灤的手和我的手，很巧地同時端著那一點也不重的紙盤。

我急忙抽回自己的手，但又因爲動作太大差一點害關子灤弄翻盤子。

我趕緊把手伸出去，卻沒想到又因此再次碰到了他的手。

「差點就眞的沒得吃了，」關子灤溫柔地笑了笑，「來！我拿就好。」

「喔。」我收回自己的手，尷尬得不敢再看關子灤一眼，最後只好轉身，當作若無其事地繼續忙碌。

「以星。」淨霞眨眨眼睛，「乾脆把這部偶像劇取名爲『米血的邂逅』怎麼樣？」

「……」

「或者叫『米血之戀』也可以。」

「淨霞，妳夠了喔！」我嘟起了嘴，皺著眉抗議。

「開玩笑的啦！我切好了，一起端過去吧！」

32

烤肉的時候，氣氛很歡愉，是個不會讓我不自在的小團體，加上有阿飛和關子淤一搭一唱地搞笑，大家的嘴幾乎沒有合攏過。雖然大部分的時間，我和往常一樣靜靜的很少主動說話，但我發覺自己在這個團體裡，好像比較沒有負擔，不必擔心說錯什麼，不用擔心別人看自己的眼光，更不會因爲偶爾的主動發言而感到緊張。

我想同組的另外三位同學好相處也是重要原因之一，而能和淨霞同組絕對是讓我安心的最大理由，此外，似乎也和關子淤以及阿飛有一點關係，我好像隱隱約約因爲能和關子淤同一組特別開心，甚至覺得很有安全感。

一直以來，我對淨霞的依賴是在某種程度之上的，也許或多或少和剛剛在房裡淨霞說的「母鳥論」有關，加上從大一開始，淨霞就從不嫌我悶，總是在一旁陪著我，所以這種對姊妹淘、對知心好友的依賴是相當深厚的。

只是，現在我卻覺得疑惑，爲什麼明明和關子淤眞正有交集並沒有多久時間，我卻也會因爲他的存在而有安全感？雖然我暫時沒有辦法仔細地用文字或言語形容出來，我卻很清楚這樣的感覺確確實實存在我心裡。

「對了，剛剛分好組的時候，我和雅琴還在討論，在車上和阿渁合唱〈珊瑚海〉的是不是就是以星？」一個叫益城的男孩邊翻動烤肉架上的甜不辣邊看著我說，而他口中的雅琴，正坐在他身邊幫忙烤肉。

「嗯。」我笑了笑，「怎麼了嗎？」

「唱得很好聽，」雅琴露出很有親和力的笑容，「因爲是子渁陪妳坐在位置上唱的，所以我沒有看清楚妳的臉。」

「是啊！雅琴說應該是妳的時候，我還不怎麼相信，」益城笑笑地說：「我以爲像妳這樣的女生是不聽流行歌的，更何況唱得這麼好。」

「是喔……」突然間，我的感覺有點複雜。既爲了他們的稱讚而開心，又因爲益城後來的那句話而有一絲絲的難過。爲了讓自己看起來自然一點，我還是將笑容掛在臉上，然後拿起紙杯，喝了一口可樂。

「鄭益城同學！」阿飛夾起大家都很期待要吃的秋刀魚，「我們班可是臥虎藏龍的喔！」

「沒錯。」淨霞點了點頭，一臉驕傲。

「如果有舞會的話，說不定你會發現以星不但會唱歌，連舞都跳得好。」關子渁笑著說，把烤肉架上香噴噴的雞腿夾放在盤子裡。

「是啊！以星是我們班的舞王喔！」淨霞繼續幫腔，偷偷給了我一個眼神，還賊賊地笑了。

「呵呵！那麼貴班就眞的是臥虎藏龍了，小弟我眞是有眼不識泰山呢。」

「還不跪下來謝罪？」和益城同班的俊明用手中的雞腿指著益城。

「是！」

「益城，他們胡亂說的啦！你不要相信。」看益城好像認眞了起來的模樣，我笑了笑忙著撇清。

在大家一來一往開著玩笑中，我們從合唱的話題聊到系上老師的趣事，直到茱麗她們在她們那一區喊了「阿滐、阿飛」，要他們過去嚐嚐她們特製的雞腿，我們的話題才就此結束。

「有他們兩個在啊！我看我們都不用混了。」俊明豪邁地咬了一口手中的雞腿，先是笑笑地對益城說，然後再看了一眼我和淨霞，「你們系上的其他女生一定也很『哈』他們吧？」

「是啊！」淨霞聳聳肩，很大姊大的模樣，「你們也有你們的市場啦！這些肉都涼了，快吃啦！以星，這給妳。」

我接過淨霞遞過來夾了肉片的土司，「謝謝。」

「要不要到前面的小溪玩玩水？」隔壁組的組員大聲問我們。

「好啊！」雅琴和益城他們幾乎是異口同聲的。

「安全嗎？」我往前方的小溪看去，在十幾個戲水的人當中，我立刻看見關子澿的身影。

「那是戲水區，沒問題的，我們要去囉！」隔壁組三、四位組員紛紛捲起了褲管。

「等我們一下，」雅琴也脫下身上的小外套，「以星、淨霞，不一起去嗎？」

「你們先去好了，我先把這吃完。」淨霞指著手中的吐司夾肉片。

「好！」

看著他們走遠，淨霞咬了一大口，「以星要去玩嗎？」

我搖搖頭，「好可怕，妳快去吧！我負責烤肉就好！」

「那……」

「放心！等妳回來就可以吃你最想吃的金針菇囉！」

把金針菇放在烤肉架上，我再將烤肉醬輕輕地刷在肉片上，然後繼續咬著剛剛淨霞給我的那片夾了兩片肉片的吐司。

我擔心一不注意會烤焦，所以一直盯著烤肉架上的食物，並且不時翻動。偶爾，我會把目光遠遠地望向溪邊，看著開心戲水的淨霞、阿飛，還有闕子灤。

不過，我仍然對於益城的話有些在意，陷在一種悶悶的情緒裡。

我納悶著，爲什麼像我這樣的女生在他的認知裡就不會聽流行歌曲，不能把流行歌唱好？那麼他所謂「這樣的女生」，究竟是哪樣的女生呢？

原本已經被我拋在腦後的那群女孩的話，彷彿再次在我耳邊響起，混亂地和益城的話連結在一塊兒。

也許益城想說的就是「戴著黑色膠框眼鏡的書呆子」這樣的女生吧？

「在想什麼？」闕子灤隔著烤肉架，在我對面的石椅上坐了下來，微笑地問我。

回過神來，我也用笑回應了他，拿著夾子碰了碰金針菇，「沒有啊！我在研究金針菇可以吃了沒。」

「我看看……」他拿起另一支夾子，小心翼翼地用手撥開金針菇，「可以了。」

「確定嗎？」

「放心，我是烤肉高手喔。」

「好。」我把烤肉架上的金針菇小心夾起，放在一旁的紙盤上。

「剛剛……」

「嗯？」放下盤子，我看著他正在接手照顧差點烤焦的肉片。

「妳一直在發呆，是不是在想什麼？」

「呃……大概是太專心顧這堆食物了吧！」我尷尬地笑了笑，胡亂找了理由，「我媽媽常說，我太專注做某件事時，看起來就像在發呆的樣子。」

「嗯，」他點了點頭，把架上的食物一個一個夾進盤子裡，「我覺得妳其實不用太在意益城的話。」

「啊？」我看著他，不僅被他突如其來的話嚇了一跳，更沒料到他竟然猜到我愍在心裡的在意，還這樣直截了當地說了出來。

「我和他還滿熟的，他並沒有什麼意思，只是單純地想稱讚妳唱得很好而已。」

「我並沒有誤會益城，我只是……」

「只是忍不住去在意他的話對吧？」

吐了一口氣，我發現好像很難在他面前隱瞞什麼，「其實我是在想，他說的『這樣的女生』到底是怎樣的女生呢？」

「這很重要嗎？」他揚起了眉問我。

沒有理會他的問句，我苦笑了一下，「是不是，就是個戴著膠框眼鏡的書呆子？」

「我不是他，所以沒辦法回答妳。」他聳聳肩，攤了攤手，「不過對我而言，妳並不是這樣子的。」

「那……在你眼中我是怎樣的呢？」

「有時候根本不用過於在意別人的看法，懂嗎？記不記得我說過，每個人都有每個人的獨特之處，當然妳陳以星也是。」

「嗯。」但我只是那個平凡到不行的路人甲陳以星啊！有什麼資格談獨特。

「所以囉！別想太多。」他溫柔地笑了笑，指著我手中的吐司，「都冷掉了，要不要幫妳再烤一下？」

「不用了，謝謝你。」為了證明我不在意吃冷掉了的吐司，我咬了大大的一口。

他露出陽光的笑容，站起身，「他們在叫我了，妳要不要一起去玩？」

「你去吧！」我揮了揮手。

「那妳慢慢吃，對了！阿飛剛剛在邀淨霞晚上到羅東夜市逛逛，要不要一起？」

「羅東夜市啊？好啊！」不知怎麼的，我回答得莫名地乾脆。

「再一起去吃有名的小吃，我先過去囉！」他往小溪的方向走了兩步之後停了下來，轉身看著我，「對了！還有一件事，我一直沒機會親口跟妳說。」

「說什麼？」因爲抬頭看著他的關係，稍嫌刺眼的陽光讓我皺起了眉。

「妳唱歌眞的很好聽。」

「喔……謝，謝謝。」我不好意思地笑了，看著他往前走去的背影，我的臉有一種漲紅的感覺，甚至因爲他的稱讚，而感到喜悅。

整顆心好像都快飛起來了。

34

「這家的肉羹很好吃吧！」阿飛又叫了第二碗，「我可是做了很多功課喔！」事實上我們剛剛已經一起吃過了晚餐，還在街上邊逛邊快解決掉一大包的鹽酥雞，接著又是這家店的招牌肉羹。

我平常食量就不大，除了正餐之外鮮少吃其他零食或點心，竟然也因爲和他們一起太開心的關係，破天荒地跟著吃了好多東西。

「這家肉羹的料超實在的。」淨霞舀起了一匙，在嘴邊吹了吹。

「是啊！」關子溁指著桌子中央的小菜，「小菜也不錯。」

「嗯。」我輕輕地應了聲，繼續埋頭在自己的肉羹裡。

「吃不完了嗎？」這句話是關子溁問我的。

「沒有，這口味我還滿喜歡的。」

「以星，妳今天胃口很好喔！」

「因爲這裡的東西太吸引人了，吃那麼多，連我自己都嚇一跳。大概是和你們在一起，心情好食量就大了吧！」

「那要不要再來第二碗啊？」阿飛睜大了眼睛，轉過頭假裝向老闆加點樣子。

「我心情沒好到可以吃兩碗啦！」我也開玩笑地拍拍阿飛的手臂，要他別這樣爲難我。

「現在吃到破表，怎麼繼續吃其他的東西？」淨霞毫不客氣地反駁。

「對喔……」阿飛哈哈地笑了笑，「淨霞說得對。」

「是啊！只要是淨霞說的，阿飛都說對。」關子溁抿抿嘴，也開起阿飛的玩笑，

「以星，我說得有沒有道理？」

「呃……」我沒有直接回應，不過也點點頭表示贊同。

「以星，妳竟然把我活生生血淋淋地推出去……」

「我只是實話實說而已。」我面露委屈的表情。和他們在一起真的可以很放鬆，開起玩笑也這麼自然。

「阿灤，你看看，我們家以星才跟你認識不久，就被你教得這樣伶牙俐齒了。」淨霞喝完最後一口湯，放下了湯匙，嘟著嘴抱怨。

「我只是激發以星的潛力罷了。」

「可別教壞我們的資優生喔！」淨霞呵呵地笑了，瞄了我還剩下半碗的肉羹湯，「以星，妳慢慢吃，我想先去對面的攤位看看。」

「喔，好。」

「我陪妳去。」

「那走吧！」淨霞抽了張面紙，背起包包，便和阿飛一起走到對街的攤位。

我看了看正巧抽了面紙擦嘴的關子灤，「不用等我，你先去吧！」

他搖搖頭，露出溫柔的笑，「我等妳。」

「可是……這樣我會有壓力耶！」

「妳慢慢吃沒關係。」

「可是……」

「別可是了，快喝吧！一整天的團體活動，讓他們獨處一下也好。」說完，關子滐還幽默地對我眨了右眼。

「對喔！我都忘了要幫他們製造獨處的機會……」

「等一下我們趁他們不注意的時候，偷偷先走到下一條街，妳看怎麼樣？」

我放下湯匙，接過他貼心幫我抽的面紙，「然後再打電話跟他們說夜市人太多，乾脆分頭逛，要回去時再聯絡？」

「聰明。」關子滐豎起了大拇指，「眞不愧是優等生。」

我用面紙擦了擦嘴，用淡淡的微笑回應關子滐。我不知道這算不算是關子滐對我的一種稱讚，但我心裡又好像因爲和關子滐這麼有默契的情境而感到開心。自顧自地竊喜之後，我發現自己其實是個很不公平的人，之前阿亮常把這三個字掛在嘴邊，我都覺得很不悅，但近日和關子滐的相處，其實他也不只一次的提過「優等生」這樣的字眼，我卻沒有任何的不開心、任何的不悅，一絲絲都沒有。

難道是因爲一個是阿亮，而一個是關子滐的關係嗎？但我明明從小就不喜歡被別人老是用「優等生」或「資優生」來取代我的名字「陳以星」啊！爲什麼對象換成了關子濼，我就覺得還好，沒那麼令人不高興？

「在想什麼啊？」

「沒有，」我搖搖頭，「開始執行我們的偷跑計畫吧。」

35

「成功。」我把手機放進包包，抬頭看關子濼，「剛剛淨霞大聲問我為什麼要分頭逛的時候，我緊張死了，最後只好假裝收訊不好，匆匆地把手機掛斷。」

「呵，我覺得妳表現得挺自然的。」

「眞的嗎？」我拍拍胸，「幸好，不然淨霞這麼了解我，肯定會被她嗅出端倪的，你知道嗎？我一直很不會說謊，所以小時候啊！如果媽媽想要知道什麼事，從姊姊那裡問不出來的話，只要把我叫過去，光是從我的表情就可以看出所以然來了。」

他點點頭，很認眞地聆聽。

「所以後來國中時，姊姊瞞著爸媽偷交男朋友，連我也一起瞞了好一陣子。」

「呵！妳和姊姊的感情應該很好吧？」

「嗯……是啊！雖然偶爾也會吵吵架，但是我們的感情真的很好。」

「真令人羨慕。」

「你呢？你有幾個兄弟姊妹？」

「我是獨子。」

「獨子啊……」我抓抓頭，「所以小時候，都是爸爸或媽媽陪你玩嗎？」

「沒有，還小的時候有保母陪我，上了國小之後，好像幾乎都是我一個人，」他苦笑了一下，「我爸媽是公司的高階主管，通常會在辦公室待很晚，就算早回家，吃過晚餐後還是有忙不完的公事要處理。」

「所以……」停頓了幾秒，我決定吞回我想說的話。

我原本想說出「所以那天在我住的地方，你才會說你不想一個人啊」，不過一抬頭看見他藏著淡淡憂傷的眼神，儘管我知道自己把話停頓得不夠漂亮，還是決定就此打住。

「對了，剛剛忘了補充我和我姊有多神奇喔！」我知道自己轉彎轉得很硬。

「怎麼個神奇法？」他的眉毛揚得高高的。

「我和她啊！長得一點也不像，連個性都截然不同。」

「怎麼說？」

「我的個性很謹慎，她卻總是一副什麼都沒關係的態度。我的個性內向，她從小就是常常上台卻毫不怯場的風雲人物。現在，我連上台報告都能緊張到胃痛，但我姊她是他們系上的系會長，而且重點來了喔！」我神祕地笑了笑，想賣個關子，果真看見關子淼帶著疑惑，又似乎急著繼續聽下去的臉。

「什麼？」

「她是個不折不扣，超多人追求的大美女。」

「所以妳的意思是，」他吸了一大口氣，然後又緩緩地將氣呼了出來，「關於外表，也是妳和她之間神奇的差別？」

「嗯，改天有機會我拿照片給你看，你就會知道我姊有多漂亮了。」我笑了笑，得意地和關子淼形容姊姊的優秀，不過，有那麼一剎那，我卻覺得好像看見他的眉頭微微地皺了一下，雖然隨即又看見他換上了原本的溫柔笑容。

「嗯，等妳的照片。不過老實說，我覺得妳長得很清秀，氣質也不錯啊。」

「我？」看他認眞的表情，我心裡揚起了一股害羞的感覺。爲了裝作若無其事，我揮揮手，皺了皺鼻子，「如果我算清秀、氣質不錯的話，那全世界的女孩應該都是美女了。」

「妳怎麼這麼沒自信啊！」他指了指前方，「要不要繼續往下逛？」

「好哇！天啊！人好多喔。」我看著擠得水洩不通的街道。

「如果累了的話也沒關係，我們可以慢慢往停車的地方走去，那邊人比較少，也有幾家店可以逛。」

「沒關係，走吧！」我不自覺地拉了拉他的衣角，示意可以繼續往前走。

我們就這樣在人來人往的夜市裡逛著，雖然一直以來，我並不是很喜歡這種喧嘩又擁擠的公眾場合，但此刻我卻不得不承認，我真的很喜歡和關子滐一起逛街。儘管有時候會因爲人潮過多而寸步難行，會因爲過於喧鬧的環境而覺得不太舒服，但我確實喜歡像這樣和關子滐開心地逛著。

心裡因爲他剛剛說我「長得清秀、氣質不錯」的話，而偷偷地開心著。

36

約莫逛了一個多小時，離約定的時間還有半小時，我們就已經在停車的地方等淨霞他們了。

我們兩個分別坐在租來的機車上，有一搭沒一搭地聊著天。

「累了嗎？」也許察覺了我刻意掩飾的呵欠，他問。

我看了一眼手錶，已經十二點多，「今天太早起床，又從事這麼需要體力的活動，的確累了。」

「是不是也習慣早睡的關係？」

「其實說早睡好像也不是，大概因爲我本來就不適合參加這種活動，也比較不習慣逛這種人多擁擠的街道吧！」我看了他一眼，聽了我的話，他好像在想些什麼，「雖然我很不喜歡這種人擠人的場合，但我今天很開心。」

「是因爲第一次逛羅東夜市吧！」

「大概是吧，可是……」我猶豫該不該把喜歡和他一起逛街的感覺說出來。

「怎樣？」

我聳聳肩，淡淡地笑了笑，「其實好像跟你有一點點關係，因爲跟你一起逛街很沒有壓力。」

「那就好，對了，那今天還開心嗎？白天的活動。」

我思考了一下，然後羞赧地笑著說：「嗯，很開心，只是對你好像有一點抱歉。」

「爲什麼？」

「分組啊，我後來才知道原來是淨霞威脅你們的，如果不是因爲這樣，說不定你就可以跟其他人同一組，可以多認識一些原本不認識的女生啊。」

「就爲了這個跟我道歉啊？」

「然後整個晚上又陪我在逛夜市，害你根本連個豔遇的機會都沒有。」沒有理會關子漈的問題，我一股腦兒地將我心裡藏了整個晚上的話說了出來。

「陳以星同學！」他出乎我意料地敲了一下我的頭。

「哎唷！」

「妳會不會想太多了一點？」他微微一笑，然後認真地看著我，「老實告訴妳，就算沒有淨霞的拜託，我也會和阿飛串通，偷偷製造今天相同的分組結果。」

疑惑了一會兒，我以爲自己明白了他話裡的意思，「對喔……差一點忘了你要幫阿飛製造機會的。」

他點點頭，「當然這是其中一個原因沒錯，但主要是因爲……」

由於屁股坐得痠麻，所以在等他把話說完的我稍微挪動了身子，「因爲什麼？」

「因爲我也想跟妳同一組。」他呵呵地笑了笑，連眼睛都笑得瞇了起來。

而我的心竟然因爲他簡短的一句話突然跳得好不規律……

要不是我坐得很穩，搞不好會緊張得從機車座位上摔下來，「我這麼悶，和我同一組……」

「悶？我不覺得，難道妳不覺得我們挺聊得來的嗎？」他打斷了我的話。

「好像是耶！」我嘻嘻地笑了，除了在家人面前之外，我其實很少這樣笑的。

「別忘了我們的交情匪淺，再說我可是妳不用喊破喉嚨就會出現的朋友喔。」

聽到他說是我「不用喊破喉嚨就會出現的朋友」，我噗地笑了出來，感覺甜甜的，然後打從心裡感到高興。

是我想太多了嗎？但隱約的好像有一種被保護、被尊重、被重視的感覺。

「剛剛聽妳談論妳和姊姊的差異時，其實我就想告訴妳了，」他吐了一口氣，「妳姊姊固然優秀沒錯，但我覺得妳不應該妄自菲薄，陳以星有陳以星的優點，和專屬於陳以星的特別。」

「……」

「妳看看天空。」他的下巴微微朝上。

「嗯？」聽了他的話，我乖乖地仰起頭，望向沒有月亮，只有幾顆星星的夜幕。

「每顆星星都是特別的，但卻因爲我們和星星的距離太過遙遠，看不出它的獨特，如果有一天，我們能在伸出手便觸及到它的距離，我想我們就會發現它的與眾不同了。」他用低沉的嗓音說著，表情很溫柔，「也許有些人覺得妳是個只會讀書但卻再平凡不過的女生，但我認為那是因為他們太膚淺，膚淺到沒有真正了解妳、靠近妳而妄下定論，但如果連妳自己都覺得自己是個平凡的路人甲，我覺得就太不應該了。」

「關子淶？」我不自覺皺起了眉頭，因為他長長而又認真的一段話，我的心有種被撞擊了的感覺。

「有的人個性活潑外向，有的人則害羞拘謹，不管是怎樣的個性都沒有關係，我想說的是，對自己有自信一點，妳是全世界、全地球、甚至是全宇宙最獨一無二的陳以星。」說完，他哈地一聲笑了，原本的認真表情換上了笑臉，「會不會覺得我像個老太婆一樣囉嗦？」

「一點也不會。」吸了吸鼻子之後，我看著他輕輕地笑了，不過很快地，我選擇別過臉去，因為我發現聽了他的話的我，心裡充斥了滿滿的溫暖和感動，眼眶更有種溼潤的感覺……

是淚嗎？可是我明明已經好久沒有流眼淚了。

為了不讓他察覺我的異樣，為了不讓眼淚掉下來，我抬起了頭，看向夜空中一閃一閃的星星。

37

回到民宿時，和我們同房的兩位同學已經睡熟，我和淨霞為了不吵到她們，還向住在隔壁房間還在玩撲克牌的同學借了浴室，盥洗完畢後，才又躡手躡腳地回到自己的房裡。

和淨霞互道了晚安後，我轉身，和她背對背準備休息。

明明在回來的路上一直猛打呵欠，洗澡時還打定主意回房就要立刻睡覺，此刻我總算能夠躺在軟綿綿的床上休息，卻一閉上眼睛，就不自覺地想起了關子淤，而我的精神竟也因此愈來愈好。

為了有精神應付明天的活動，我拚命想把關子淤從我的腦袋驅逐出境，但沒想到這麼做卻只是讓關子淤的表情以及他的一舉一動更加鮮明而已。不僅如此，最後我的思緒甚至還詭異地把今天和他的所有互動想過了一遍，從和他合唱時他臉上的專注表情開始，到分組烤肉時他和阿飛一搭一唱的搞笑，再到今晚一起逛夜市時，他因為擔心我在人群中走丟而貼心地配合我的步伐走在我身邊。每一個畫面，都讓我的心揚起了甜甜的感受。

最後，我想到在停車的地方等淨霞他們時，關子滐對我說的那一番話，當然，我也連帶地想起當時我心裡那種被莫名撞擊了一下的感覺，以及充斥在心裡的感動。

我知道他說那些話是很認真而嚴肅的，他認眞的表情讓我幾乎要屏住呼吸，他嚴肅的語氣也讓我開始，懷疑常常把自己比喻成路人中的我，是不是眞的就像他所說的「太不應該了」呢？

從小到大進入新環境的自我介紹，不管在講台後面，我兩條腿抖得多麼厲害，不管在台上的我是不是已經緊張到語無倫次，但我從來就沒有忘了用「路人甲」這三個字形容自己。

今天晚上，關子滐的話提醒了我，原來我一直以來，就是這樣將「路人甲」和「陳以星」畫上等號的，所以不知不覺中也早已經成了名符其實的路人甲。

「以星？」淨霞用很細很細的氣聲叫了我一聲，在我回應了她之後，她才繼續說：「睡不著嗎？」

我轉過身，我們從原本的背對背變成面對面，「是不是我動來動去的，害妳睡不著？」

淨霞小動作地揮揮手，「因爲我也睡不著。」

「眞糟糕，」我用誇大的嘴型但最細微的聲音說著，「明明剛剛就很累的，結果現在卻……」

「還是我們出去走走？」淨霞調整了可以照得到燈光的角度，看了一眼手錶，「現在？」我挪動身體，找到光線，看了一眼手錶，「已經兩點半了耶！」

「出去呼吸一下新鮮空氣，聊聊天，搞不好等會兒就想睡了。」

「嗯，好吧！」

38

「原來妳剛剛都在想關子溁說的話喔？」聽了我大概的敘述之後，淨霞問我。

「其實他說得很有道理，那個當下，我有種被完全剖析了的感覺，好像在他面前成了透明人，被他看見我的弱點以及我一直最在意的，」仰頭看著夜空，突然發現我右前方有顆星星似乎閃著特別亮的光芒。我苦笑了一下，「聽了他的話，我想了很多，也才驚覺原來一直以來，我總是告訴大家我是個路人甲，其實我根本不希望自己是路人甲，又因爲不夠自信，所以也缺乏了證明自己的勇氣。」

「當時，對他生氣了嗎？」

我搖搖頭，將背靠在涼椅的椅背上，「沒有，當時我心裡不但沒有生氣，反而還被撼動了，有一種想在他面前什麼都不管地大哭的衝動。」

「妳真的這樣做了嗎？」淨霞好奇地揚起眉。

「沒有，我怕嚇到他。我拚命地抬著頭，不讓眼眶裡的眼淚掉下來。」

淨霞表示了解地點了點頭，輕輕地牽動嘴角，「以星，其實我並不覺得妳很平凡或是普通耶！妳只是個性太害羞，很少表現妳自己而已。」

「是嗎？」我笑了笑，因爲覺得自己需要時間好好沉澱，我換了話題，「對了！都沒問妳今天和阿飛單獨逛得怎麼樣，有趣嗎？」

聽了我的問題，淨霞立刻露出了甜甜的笑容，「嗯啊！而且很開心。」

「阿飛……」我停頓了幾秒，「是個不錯的人啊！」

「是啊，雖然平常老愛搞笑，但談到正經事的時候，也是很認眞的。」

我點了點頭，表示贊同。

「他今天跟我告白了。」

「啊？」轉過頭，我驚訝地盯著淨霞看，雖然我早就知道阿飛喜歡淨霞，但突然聽見淨霞這麼說，多少還是覺得驚訝，「然後呢？」

「然後我的心跳跳得亂七八糟的時候，我也說了一句話。」

「什麼話？」

「我先問妳，妳記不記得之前和妳聊過我對他的感覺？」

「記得啊！」

「其實經過後來的相處，我發現自己對阿飛……好像也有一點喜歡。」淨霞吐了一口氣，大概是想放鬆一點的關係，所以伸長了腿。

「所以？」我睜大了眼睛，嘴角不自覺地往上揚起。

「所以，我告訴他，我也喜歡他。」

「所以你們現在算是開始交往囉？」

「沒有。」

「沒有？」

「因爲我也告訴他我不打算和他交往。」

「淨霞！」我放大了音量，心情像在洗三溫暖。

「我們剛到民宿的時候……」話還沒說完，淨霞就咳了好幾聲。

「該不會是感冒了吧？」

「喉嚨怪怪的，」淨霞先回答了我的問題，又咳了咳，「因爲我覺得我媽這次是來眞的了。」

「怎麼說?」

淨霞苦苦地笑了，「我爸爲了外面那個女人，這次吃了秤砣鐵了心想要我媽離婚，我媽氣到憂鬱症都發作了，她的情況時好時壞，別說她很堅持，其實我也不忍心讓她一個人去日本。」

「嗯。」我嘆了一口氣，不知道該接什麼話，這應該就是家家有本難唸的經吧!

「所以囉!現在答應和阿飛交往，結果沒幾天我眞的就去了日本，那我們的戀情會怎麼樣?與其用感情綁住他，甚至經營得辛苦最後因爲遠距離而分手，倒不如維持現狀，知道他喜歡我、我喜歡他這樣的感覺不是很甜蜜嗎?」

「我懂，那妳有跟阿飛說這些嗎?」

「還沒有。」她打了個呵欠，「有機會的話再跟他說吧!」

「兩情相悅的愛情是相當難得的，這樣輕易放棄，妳將來會不會後悔?要不要好好思考一下?」

「我會再想一想，放心。」淨霞拍拍我的肩膀，露出一種令人安心的微笑，而我其實也相信，像淨霞這麼有主見的女孩，應該能做出對自己而言最好的決定。

我點點頭，接著和淨霞不約而同地陷入了短暫的沉默裡，我甚至在想，如果我是淨霞的話，會做出怎樣的決定？是不是根本不可能勇敢地把喜歡說出口，就這樣出國呢？

我想我應該是這樣的吧，我會選擇埋在心裡，因爲我沒有那種勇氣，也沒有那種覺得自己有足夠的條件讓對方等我的自信。

「以星，妳在想什麼？」在沉默之後，淨霞先開了口。

「我在想……如果妳眞的去了日本，那依賴鬼陳以星怎麼辦？」說這句話的時候，我很刻意保持自己的微笑，想讓自己看起來像開玩笑的樣子。

「對不起，原本說好要一起畢業，不會輕易妥協的，但現在卻……」

看著淨霞變得更嚴肅的表情，我還是勉強自己笑著，「我開玩笑的啦！雖然心裡很捨不得妳，但那也是妳逼不得已的決定啊！何況妳又不是從此要住在日本，永遠不回來台灣了。」

「以星……」

「呵！依賴鬼總不能一輩子都要賴著李淨霞啊！偶爾總要學著獨立。」

「……」淨霞看著我，沒有說話，吸了吸鼻子。

「如果妳眞的離開，我會加油的，妳也是喔！」說完話的時候，我原本上揚的嘴角開始微微顫抖，似乎再也無法在淨霞面前假裝堅強……

雖然我和淨霞兩個人都想堅強地安慰對方，都想假裝沒事，笑笑地爲對方加油，但最後我們卻在這樣的夜空下，並肩坐在民宿前的涼椅上，流下了不捨的眼淚。

39

此刻的我，和大家一樣全身都溼漉漉的，在簡易的盥洗室前排隊準備盥洗。

活動第二天的重頭戲，任憑我怎麼找藉口都沒用，最後還是被關子滐硬拖著去參加他們都說「不嘗試一下絕對會後悔」的泛舟活動。

體驗過全程，我總算能夠了解爲什麼淨霞會拍胸脯保證，要我相信泛舟多麼好玩有趣，叫我無論如何一定要玩一次。

雖然如果要怕水的我再玩一次，我不一定會答應，但我真的很高興參與了我陳以星人生中第一次的泛舟活動，這趟也算是不虛此行。

「哈啾！」淨霞打了個大大的噴嚏後，尷尬地看著我，「糟糕，我看前面的再不洗快一點的話，我眞的要感冒了。」

「一、二、三、四……」我踮起腳尖，暗自數了淨霞前面還有幾個人之後，再數了數我前面還有幾位同學。

「這樣好了，如果我這裡先輪到，淨霞妳就先進去。」

「謝謝，不然我眞的……哈啾！」

「要不要緊啊？」我擔心地看著臉色好像有點蒼白的淨霞。昨晚在民宿前聊天時，她就提到喉嚨好像怪怪的，不知道是不是快感冒了。

「等一下趕快沖個澡，應該就會舒服一點了，哈啾。」

「眞的可以嗎？」我還是不放心，於是將手放在淨霞的額頭上，再摸了摸自己的額頭，「淨霞，妳好像發燒了。」

「是嗎？」她皺起了眉，將手掌貼在額頭上。

「我去拜託前面的同學讓妳先洗好了。」再次踮起腳尖，我搜尋著哪位同學的背影看起來比較好商量。

「沒關係啦！眞的沒關係。」淨霞拉了拉我的手，也許因爲不舒服，我覺得她的表情看起來很疲倦。

「還是要像玉暄她們一樣直接衝回民宿洗？」

「再等一下就好了。」

我看一看手錶，離一開始排隊到現在已經過了將近一小時，整個排隊的隊伍也才往前移動了兩、三位而已，與其這樣等下去，倒不如先讓淨霞找個地方先換上乾的衣服，再衝回民宿洗個熱水澡。否則照這種緩慢的速度等下去，淨霞不愈來愈難受才怪。

我把背包的拉鍊拉開，從內袋裡拿出手機，在電話簿中尋找到阿飛的號碼後，不顧淨霞的反對，自作主張地按了撥號鍵。我向阿飛說完淨霞的情況後，不到三分鐘，他便像個救難的超人，迅速地出現在我和淨霞的面前。

「眞的發燒了……」一摸上淨霞的額頭，阿飛立刻皺起了眉。

「好不舒服喔。」淨霞苦笑了一下，「眞的著涼了。」

「我先陪妳去教練辦公室換衣服，再帶妳去看醫生。」這時候的阿飛和平常的阿飛似乎完全不同，好像換個人似的。

「可是……」淨霞皺起了眉，臉上滿是猶豫。

「妳快去吧！不要擔心我，而且就快輪到我了，我們晚點民宿見。」我知道淨霞的猶豫一定是因爲我。

「以星，阿滐和其他幹部還會留在這裡，等全體同學都盥洗完畢後才離開，有事的話可以撥給阿滐。」

「嗯，現在最需要關心的是淨霞，別擔心我，你們快去吧！」我揮揮手，一心只希望淨霞能盡快退燒。

40

淨霞在附近的一家診所等待領藥的時候，還撥了通電話給我，跟我說她打了針已經舒服多了，要我放心，她會先回民宿等我回去。

「妳前面還有幾位同學啊？」電話裡的淨霞咳了好幾聲。

「下一個就是我了，待會兒見。」

「嗯，拜。」

「拜。」一結束通話，在裡頭盥洗的同學終於出來，我急忙將手機收進包包裡慶幸終於輪到我了。

於是，我走進盥洗室，因爲擔心其他的同學等太久，所以我非常快速簡單地沖洗了一下。沖洗完畢後，當我拿出背包裡的毛巾，擦乾身體，準備換上乾淨的衣服時，我把整個背包從掛鉤上拿了下來，緊張地翻著背包裡的衣物，但怎麼翻、怎麼找，就是找不到我的內衣……

我的內衣呢？我不信邪地又翻了一次，甚至以爲是裹在衣服裡，但衣服全都被我拿了出來，就是不見我的內衣。我明明有把它收進去啊！怎麼會不見？我不可能犯這種粗心的毛病吧！

因爲緊張，我的心跳得好快，在只有些微日光從鐵皮屋頂上透進來的昏暗盥洗室裡，我莫名地慌張起來。

該怎麼辦？淨霞又不在外面，我該怎麼辦呢？我拿出手機，在腦子裡快速地思考可以打電話給誰。我按進電話簿選單，打了兩位班上女同學的手機，卻都同樣進入了語音信箱，不管了，繼續打好了。第三位女同學雖然接聽了我的電話，但她們那一組已經先回到了民宿。

眞糟！當我想再接再厲繼續撥打第四位同學的電話時，門外有人敲門，「同學，好了嗎？」

「快好了，再等我一下！」我邊回應門外的同學，邊在心裡祈禱對方快接聽電話，不過，響了好久卻還是沒有接聽。

「要快一點喔！已經要集合了。」

「喔，好。」外頭同學的催促害得我愈來愈慌張，於是我蓋上手機，放回背包裡，心情緊張得不知道該如何是好。

算了，待在這裡也不是辦法，但我應該怎麼做才不會讓人家發現我的異狀啊？我應該再穿上原本溼掉了的內衣出去，還是穿上乾淨的衣服，再套上背包裡的薄外套就好呢？這樣會不會被看出來？愈想，我的眉頭就皺得愈來愈緊，突然之間眞的好想哭，好想挖個地洞，從祕密通道衝回民宿。

不管了，無論如何我是一定要先出去的。我換上乾淨的衣服，穿上薄薄的外套，刻意把拉鏈拉到最高，檢查了好幾次，最後在一個深呼吸之後，我裝作若無其事地打開盥洗室的門，微微駝著背走了出去。

不知道是不是我多心，還是眞的很明顯，我總覺得還在排隊的女同學們似乎看出了什麼端倪，我只能加快步伐，像個賊似地快步離開。

我應該要去哪裡呢？我知道關子濼和其他組員一定還在教練辦公室前等著大家集合，但是那裡的人這麼多，我怎麼可能去那裡？不過話說回來，我不去那裡，我要怎麼回民宿？

沿途，我駝著背，匆匆忙忙地往教練辦公室前移動，果然不出我所料，那裡已經站滿了等著集合的人，原本做好的心理準備又再次的瓦解。爲了不讓大家發現我的怪異舉止，我立刻快步往辦公室旁走去。

唉……

最後，我在教練辦公室後面的一棵樹下蹲了下來，想沉澱一下心裡的慌亂，好好思考接下來應該怎樣擺脫這樣的困境。

我放下背包，因為腿痠了的關係，於是背靠著樹幹，弓起了膝，然後隱隱約約好像聽見了背包裡傳來的手機鈴聲。

我拿出手機，打開了手機蓋「喂」了一聲，但對方卻掛了電話。我按下查看，是淨霞打的，不過，我準備按下回撥鍵時，我手中的手機再次震動了起來，鈴聲也在震動之後隨即響起。

「喂？」

「以星，剛剛不是看妳走過來集合了？怎麼突然又不見了？」電話中，是關子灤的聲音，我以為剛剛正在和茱麗他們聊天的他並沒有看見我。

「我……」我將下巴靠在膝蓋上。

「怎麼了？」

「沒……沒什麼。」嚥了嚥口水，實在不知道該從何啓齒。

「以星，有事的話就跟我說，不用不好意思。」

「我……」從他的話裡，我可以聽見他著急的語氣，只是，我還是不知道該怎麼把這件讓我無地自容的事說出來。

「妳在哪裡？我去找妳。」

好吧，關子滐應該是目前這種情況下唯一可以幫我的人了，如果不告訴他，難道還要生病淨霞趕到這裡來嗎？

「我在教練辦公室後面。」

「妳在那裡幹麼？」

「我……」

我想他是察覺了我的爲難，「好，妳等我，我馬上過去。」

41

「怎麼了？」關子滐我在面前蹲下來，微微地低下頭看著我。

我仰起了頭，看著離自己很近的他的臉，「我……」

「妳怎麼了？」他低沉的聲音裡，我覺得有好多的溫柔，「肚子痛嗎？還是哪裡不舒服？」

「不是，剛剛去沖洗的時候，我發現……」吸了一口氣，我還是沒有勇氣，大方的把這個烏龍事件說出口。

「發現什麼？」

「我……」我握起了拳，在告訴他與不告訴他之間猶豫著。

「以星，妳不告訴我，我怎麼幫妳呢？」

「我……」是啊，如今好像也只有眼前的關子滐可以幫我了，於是我決定一次把話說完，「我早上收進背包裡的內衣不見了。」

他吸了一口氣，想了幾秒，「仔細找過了嗎？」

「嗯，」我再將下巴靠在膝蓋，眼睛盯在自己穿著夾腳拖的大拇指上，「我明明已經放進去了。」

「所以現在……」

「現在沒有穿。」

「那我帶妳去市區買一件，現在就走。」他突然拉住我的手。

「可是……大家都還在外面，我怕被發現。」

「來，我的外套給妳穿，雖然大了一點，但至少不會太明顯。」說完，他站起身把運動外套脫了下來。遞給我之後，便貼心地轉過身去。

我站起身，穿上了他大大的運動外套，直到我說「好了」之後，他才又轉回來。

「好像小孩穿大人的衣服。」我看了一眼身上他的衣服，覺得既好笑又難為情。

「對啊！妳太嬌小了，而我是個粗勇的壯漢。」他笑笑地說。

「亂講。」我皺了皺鼻頭，對他的話不認同。他的身材很標準，根本不是他形容的那個樣子。

「那我們走吧！」

「我們有車子嗎？」

「去前面租一台機車就好了，這種事不用太擔心，我先打個電話告訴阿勝他們，叫他們不用等我們過去集合。」他立刻撥了手機向阿勝說了一個聽起來還挺可信的理由，掛了電話之後，對我露出勝利的笑，「走吧！」

「謝謝你，然後……對不起這麼麻煩你。」

他哈哈地笑了兩聲，「所以我應該先說不客氣，然後再說沒關係嗎？」

「呵。」不知道是因為事情即將解決，還是受了他的笑容的影響，我的心情已經輕鬆不少。

「優等生都這麼有禮貌的嗎？」他還是帶著笑。

「是啊！」我煞有其事地點點頭，也跟著開了玩笑，「所以你要多學著點，你這個不學無術的蹺課天王。」

他又哈哈地笑了，「我會多學一點的，來！手伸出來。」

「啊？」半信半疑的，不過我還是聽話地伸出了右手。

「幫妳折個袖子。」說完，他往前站了一步，先是幫我折起右手的袖子，再幫我折了左手的袖子。

呆呆地看著他這些舉動，我心裡竟突然閃過莫名的尷尬和難為情，想說些話來掩飾自己的害羞，又因為和他靠太近而擠不出半句話，只能呆呆靜靜地看著他把這些動作完成，然後在心裡自顧自地害羞。

「謝謝。」

「不客氣，」他拿起了我的背包，「我們往這裡走吧！以妳的個性，應該不想穿著我的外套出現大家面前吧？」

「嗯。」我笑了，因為他對我的了解而開心。

「跟著我，走吧！」

42

關子滐大致向租車店老闆問了路之後，便載著我往市區前進。

坐在後座的我，雖然因爲關子滐的幫忙鬆了一口氣，但此刻心裡卻摻雜了另一種忐忑。

待會兒到了內衣店，我應該怎麼做呢？請他在外面等一下？還是要他先到附近逛一逛，等我好了再打電話給他？

「再過兩條街就差不多是市區了，應該可以鬆一口氣了喔？」停在紅燈前的停止線，他揚起嘴角，從後照鏡看著我。

「嗯，」我點點頭，從鏡中看見他俊俏的臉，「謝謝你，如果沒有你的話，我眞的不知道該怎麼辦。」

「在盥洗室發現不見的時候，心裡一定急得像熱鍋上的螞蟻吧！」

「我把背包翻了好幾次還是找不到，躲在裡面打電話求救卻偏偏沒有找到半個人，最後想一直賴在裡面，但外頭的同學已經等得不耐煩，開始敲門催促我了。」

「找不到人的時候，爲什麼沒有打電話給我？」他原本已經看向前方，又將目光移到後照鏡裡看我。

「當然是不好意思啊，我還沒大方到內衣不見會在第一時間找男生幫忙。」

「我了解，」他苦笑了一下，「不過還是希望當時妳想過要找我。」

「什麼？」我想自己應該沒有聽錯什麼，但還是想從他口中再確定一點。

「沒有，我說要抓好。」

「可是你剛剛明明是說……」

「說什麼？」聽他的語氣，好像是因爲不想再說一次而故意裝傻的。

我吐了一口氣，決定放他一馬，「沒有啦……」

「對了，」他輕輕轉動油門，「淨霞不知道有沒有好一點？」

對喔……經他這麼一提，我才想到剛剛沒接到淨霞的電話，後來也忘了回電。「待會兒打個電話問她好了。不過輪到我盥洗之前，她已經看診過了，正在等拿藥。」

「應該沒什麼大礙吧？」

「淨霞說打過針已經舒服多了。」

「那就好，不然阿飛會心疼死的。」

「是啊！那時候發現淨霞不舒服，我立刻告訴阿飛，結果他不到三分鐘就出現在我們面前了，臉上全是擔心和捨不得，那時候我覺得他根本是淨霞的救難超人。雖然應該感動的人是淨霞，但是我在旁邊看，心裡也跟著好感動。」

他停頓了幾秒，「阿飛對淨霞是非常認眞的。」

「我看得出來，」我別過頭看路旁的景物，「而且我覺得他們是很適合的一對。」

「嗯，對了，淨霞是不是因爲等盥洗等得太久才著涼的？」

「呃……我想這是一部分的原因，不過其實淨霞昨天晚上好像就有喉嚨痛的徵兆了，加上我們整晚沒睡在民宿前聊天，吹了冷風的關係吧。」

「整晚沒睡？」

「我們聊到凌晨四點。從夜市回來之後，兩個人躺在舒服的床上，不約而同地失眠了，明明就很累的。」

「認床嗎？」

「倒也不是。」

「不然呢？」

「大概是玩得太開心，興奮到睡不著覺。」隨便說了其中一個小理由，沒有說出昨天是因爲想著他的話而失眠。這時突然有兩部機車從我們後方超車，他們車速頗快，所以我嚇了一跳，雙手更不自覺地緊緊抓了他的腰，隨即察覺自己冒昧的舉動而不好意思，「啊！對不起。」

「小心。」他很溫柔地瞥了一眼後照鏡裡頭的我，還對我微笑了一下。接著便把車子騎到路邊，「在這裡買，可以吧？」

我看了連鎖的內衣店一眼，下了車，脫下安全帽，「那……」剛剛心裡猶豫到了內衣店時該怎麼請他等一下的擔心，果真在這時候發生。

「如果妳介意的話，我去到處逛逛，順便打個電話告訴阿飛他們。」他接過我手中的安全帽，「不用急，好了再撥電話給我。」

「謝謝。」我笑了，是由衷的微笑。

在他面前，每當我在擔心或是因爲什麼而尷尬時，他總是巧妙地讓我這些情緒變成多餘，貼心地幫我化解每一次的尷尬。

「快進去吧！」他給了我一個讓人安心的微笑。

「等我一下喔！」

活動已經結束，雖然緊接著一個星期後便是期中考以及各科繳交報告的旺季，但我們班上卻似乎還沉浸在班遊的歡樂中，沒有像以往那樣呈現一片壓力低迷的狀態，偶爾下課休息時，還會聽見班上男生們談論對方班級的女孩，或是某某女生說對方班級的誰誰誰昨天送消夜到女生宿舍來。

淨霞有時候會偷偷在我耳邊向我咕噥著，說這次活動感覺起來很成功，因爲我們班上是一片的「春意盎然」。

我不知道是不是因爲第一次參加的關係，我發現自己好像也一直未能完全收心，上課的時候不但沒有認眞做好筆記，偶爾思緒還會胡亂飄。

想到烤肉時大家的笑話，想起泛舟時頻頻尖叫的刺激，想起逛夜市時的開心，還想起在遊覽車上和關子灤合唱時的樣子，以及和他互動的種種情形，甚至間接地想起他所說的某些還停留在我腦海中，對我而言很深刻的對話。

除此之外，這次活動好像還對我造成了某個後遺症，就是偶爾穿上那天新買的內衣時，我就會莫名其妙想起我的「內衣烏龍事件」，然後又有一種紅了臉的感覺。

說到這個內衣事件，到最後我依然不知道到底是怎麼回事，因爲在那次之後，內衣便憑空消失，沒有丟在民宿忘了放進背包，也不是一開始就放在住處忘了帶出來，總之，就是離奇地消失了。

但是偶爾和淨霞聊到這件事的時候，她都相當懷疑，她說這絕對是惡作劇，不然好端端的東西不可能會突然不見。她說，要不是我堅持不想再追究，加上當時的她整顆頭痛到快爆掉，否則她絕對會好好揪出幕後凶手。

課上到一半，淨霞放在桌上的手機震動了起來，她回了個簡訊後，小聲地對著我說：「這兩個蹺課王總算要來上課了。」

「是喔？」往教室後門看過去，果然看見正走進教室的關子濼和阿飛。

「這次故意幫他們佔個前面一點的位置。」淨霞眨了眨眼，臉上滿是調皮的表情，「偶爾也要代替老師懲罰一下他們。」

「呵。」我輕輕地笑了笑。

「話說回來，」淨霞稍微挪動了身體，往我這裡靠近了一些，「這種可以幫他們佔位置的機會也不多了。」

聽了淨霞的話，尤其當我看著淨霞臉上無奈的表情時，我的心突然也閃過了一絲絲的難過，不過我很快要求自己在淨霞面前一定不能輕易表現出來，以免她擔心，於是我還是笑了笑，「所以找機會先懲罰一下囉？」

「沒錯。」淨霞對我比了個勝利的手勢之後，便把注意力移到台上，拿起筆把剛剛沒抄到的重點抄在課本上。

我同樣也記下了黑板上的重點，不過眼神卻不自覺地從黑板移到關子滐的背影上，他坐在我左前方隔了兩個人的位置。

聯合班遊之後回來的這幾天，我發現自己變得很奇怪。

不知道是不是因爲和關子滐互動的次數變得頻繁的關係，無論做任何事，我都會想到他，吃飯的時候，「不知道他吃了沒」的念頭會在我腦海中閃過；上課的時候，我會猜想他今天來不來上課。確定他今天不會來上課，我會一直猜他蹺課的原因究竟是什麼，會不會是打工的夜店又發生了什麼事，然後受了傷什麼的……

不管在做什麼，總會自然而然地想到關子滐，想到關子滐的一切，在可能會有他在的場合裡，認眞搜尋他的身影。

這種感覺，和當初偷偷觀察他的心情是全然不同的。當初純粹因爲他太引人注目、太特別了，所以不自覺注意起他的一舉一動，就算偶爾因爲他蹺課而沒能看到他，心裡其實也不會想念他或是掛念什麼。可是現在，只要一天沒見到他，心裡就會浮起好多的念頭，甚至會有一點點的想念。

照著老師的指示，我把某一頁的重點畫了下來。再次抬起頭，我無意間看見關子滐和阿飛講話時的側臉，那種帶著淡淡微笑的表情，讓我的心撲通撲通地多跳了好幾拍。

在那一刻，我突然發現，原來關子滐已經悄悄成爲我生活中很重要的一份子，儘管我從未談過戀愛，還不能確定這種感覺能不能算是喜歡，但我卻非常清楚每當自己想起他時，心裡那份甜甜的感受，似乎超越了普通朋友的程度。

想著，當台上的老師用了較大的音量要同學認眞聽課時，我才把我又飄走了的思緒拉了回來。一回神，才發現我課本上的空白處不知何時竟被我寫上了小小的「關子滐」三個字。

44

這是我第一次到關子滐打工的地方，也是生平第一次進所謂的夜店。

特別選擇了關子滐和阿飛休假的今天，我們四個人決定喝個不醉不歸。來到這裡不是爲了要慶祝什麼，而是爲了幫淨霞餞行。

自活動結束後我們從未提過，但心裡一直最擔心的事終於發生。

期中考週那週的星期一，淨霞的媽媽陪著淨霞到校辦妥了休學手續，並且要淨霞收拾好東西先跟她回家，搭乘下星期的飛機離開台灣。而其實應該在住處整理東西的淨霞，好不容易才說服了她媽媽讓她多留在這裡兩天，讓她好好的告別這一切。

至於幾天後淨霞就將要出國的事，我好像還不能完全接受。雖然我一直告訴自己一定要慢慢調適，但我還是沒想到事情會來得這麼快，這麼令我措手不及。

爲了不讓淨霞爲難或擔心，在她面前，我始終告訴自己要笑笑地祝福她，笑笑地鼓勵她出國後一定要好好生活。我不想再讓已經很無奈難過的她，在處理自己的情緒之際還要擔心我。

「我離開後，以星就靠你們照顧囉！」淨霞的臉因爲酒精的關係，透著淡淡的紅。

「我們會的。」阿飛抿抿嘴，今天的他不像平常那麼愛開玩笑。

「那就好，」淨霞哈哈地笑了笑，「如果被我發現你們讓以星孤單一個人的話，我會立刻從日本飛回來海扁你們一頓。」

「放心，我們會關照以星的。」關子傑看了因爲淨霞的話而感動的我一眼，然後誠懇地對淨霞說。

「嗯……阿飛，再幫我叫啤酒。」

「淨霞，妳已經喝多了。」

「再幫我叫啦……」

「不行，妳已經喝太多了。」

「是啊！」我拉拉淨霞的手，「妳已經喝好幾杯了，喝個果汁好不好？」

「不好！」淨霞瞇起了眼，背靠著沙發椅的椅背，耍賴著，「阿灤，那你去幫我叫。」

關子灤看了我一眼，再看了看阿飛，將桌上一杯沒人喝過的檸檬汁放在淨霞面前，「這杯給妳。」

「謝謝你。」淨霞笑了笑，拿起檸檬汁喝了一口，「這不是啤酒啊！我要喝的是啤酒，快去幫我叫……」

我看著已經醉了的淨霞，「我們回去了好不好？妳眞的喝太多了，而且……而且明天……」我把沒說完的話吞回喉嚨。

「明天怎樣？」淨霞抬起了下巴，眼睛瞇瞇地問我。

明天是一大早的課呢……

我沒有把話說完，因爲對我們來說明天是一大早的課，但淨霞已經辦了休學，是不是一大早的課對她而言已經沒有關係了啊！

「以星，妳說明天怎樣啊？」

「以星是想說，明天還要一起聚餐啊！」關子滐替我隨便找了一個理由，「喝醉了的話，明天會宿醉不舒服，怎麼去吃大餐？」

「呵，我酒量很好的，」淨霞哈哈地大笑，「幫我叫酒。」

「淨霞！」

「你們到底是怎樣啊？」淨霞放大了音量，不悅地皺起了眉，「要來的時候，不是明明說好四個人都要喝到不醉不歸的嗎？你們為什麼不讓我喝？為什麼？我們四個以後要像這樣喝酒的機會也許再也不會有了啊！」

是啊！這樣的機會也許不會有了啊……

而且明明說好了四個人要不醉不歸的。

我看著淨霞，再看了看自己前面的果汁，突然做了決定，然後站起身，「我去。」

「以星？」關子滐突然抓住我的手腕，想確定什麼般地看著我。

「我去叫酒，因為這樣的機會也許眞的……」我吸了吸鼻子，不想讓眼淚在這時候落下。

「好，我陪妳去，要喝就一起喝吧。」

我們又陸續叫了好幾杯啤酒，不過大部分都是阿飛和關子滐負責喝光的。我知道他們一方面不想掃興，一方面是爲了不讓淨霞或是我喝太多，所以才拚命地灌酒。不過說老實話他們的酒量也的確不錯，不像我才喝不到半杯就開始頭暈目眩的。

離開夜店之後，我們還一起搭計程車到山上看夜景。看著山底下漂亮到不行的景色，四個人並肩地坐在一個小丘上，聊了很多很多，但對於淨霞的即將離開，卻都很有默契地絕口不提。

45

看完夜景，我們打了電話請先前的計程車司機到山上來接我們後，便往我們的住處前進。

車子開到市區時，淨霞很堅持還不想回住處，因此阿飛決定先陪她在中途下車，再決定要去哪裡，而關子濼則陪我繼續搭車回住處。

把車錢交給司機後，關子濼陪我一起下了車。他很堅持夜深了，一定要陪我上樓看我進門才行。

「原來……喝醉是這麼一回事。」我踩著不太穩的步伐，一步一步地走。

「是啊！」走在我身邊，關子滐輕輕地扶著我。

「那你醉了嗎？」我看了他一眼，很奇怪，我看不出來他有沒有喝醉，但明明他喝的酒比我喝的要多上好幾倍啊。

「老實說，還不算醉。」

「是喔……好厲害喔。」我笑了笑，不小心沒踩好階梯，差一點跌了下來，幸好關子滐手腳俐落地立刻摟住我。

「小心一點。」

「謝謝。」我輕輕地被他摟著，有一種好舒服好溫暖的感覺。

「有時候在店裡練習調酒，也要喝喝看口感如何，喝久了，就比較不會醉了。」等我站穩一點之後，他很禮貌地鬆開手，然後一步一步地陪著我走到套房的房門外。

我從包包裡拿出鑰匙，可是因為頭太暈，拿著鑰匙在鑰匙孔插了好幾次。門最後是比我清醒的關子滐幫我打開的。

「早一點休息。」幫我開了門之後的他，禮貌站在門外。

「嗯，謝謝你。」脫了鞋，我踏進房間，抬頭面對著門外的他，「眞的謝謝你。」

「妳今天很堅強。」他溫柔地笑了笑。

「嗯？」

「我以爲妳會哭的。」他突然伸手摸了摸我的頭，「心裡也不好受吧？」

「因爲我們說好要開心的，所以……」我低下頭，「我不敢在淨霞面前流淚，其實有好幾次，我真的好想放肆地哭出來，不過我知道，淨霞心裡比誰都難受，所以我忍了下來，我不想在她面前哭。」

「我了解。」

我吸了吸發酸的鼻子，因爲眼眶突然盈了淚，所以不敢抬頭，只好和剛剛一樣低頭看著地板，「淨霞是我最好的朋友，她出國後，我好像就剩一個人了……」說完，我的眼淚不自覺地往下掉，不可收拾地。

「誰說剩下妳一個人的？剛剛我和阿飛不是都答應淨霞，她不在的日子裡，我們都會陪著妳嗎？」

「可是……」

「以星，我真的了解，但這是沒辦法改變的事實，所以……」

「其實這件事，淨霞早就跟我提過了，但到了這天終究來臨，我還是一直不願意去面對。我答應淨霞一定會堅強一點、獨立一點的，只是嘴巴一直這樣說，心裡還是這麼難過啊……」抬起頭，我看著關子滐，卻發現明明和我離得很近的他，這時卻因爲淚水而變得好模糊。

他低頭看著我，輕輕用雙手替我拭去兩頰的眼淚，「哭出來，應該會比較舒服。」

「關子淼……誰說喝酒可以讓人忘記煩惱的？爲什麼我明明有醉了的感覺，但腦子還是這麼清楚？」

「別想這麼多。」他輕輕地拍了我的臉頰，「好嗎？」

「我知道自己很沒用，但我就是堅強不起來啊……」在關子淼面前，我放鬆地大哭，「我眞的堅強不起來……」

「我陪妳。」

「我沒辦法假裝沒事，假裝不在乎……」

「淨霞不在的日子，我陪妳一起堅強。」

「眞的嗎？」

「眞的，」他捧著我的臉，臉上的表情眞的很溫柔，「直到妳不再是個依賴鬼陳以星爲止。」

聽了他的話，我的頭更暈了，整個人輕飄飄的。在我難過的情緒中，甚至感到一絲絲溫暖，「謝謝你……」

「笨蛋，」他撥了撥我的劉海，微笑地看著我，「我不是說過，不管發生什麼事，妳不用喊破喉嚨，我就會出現了嗎？」

聽了他的話，我的眼淚更加地無法控制，一直放肆地往下掉，一句話也說不出來。

最後，我竟然情不自禁地抱住了他。

當時我什麼也沒有多想，只想將臉埋在他厚實的胸膛裡，而他也緊緊地抱住我，讓此刻的我感到溫暖、感到安心、感到不孤單。

46

計算完黑板上的題目，我停下手中的筆，看了看手錶。

這個時間，淨霞應該準備搭機了吧？

雖然目前還不確定未來她會不會回國繼續修習未完成的大學學業，但她和我們約定好，明年的今天一定會回國聚一聚，並且說好四個人還要像那天一樣在關子澿打工的那家店喝個大醉。

雖然未來的事誰也不能確定，但我相信不管是淨霞、我，還是關子澿跟阿飛，都一樣期待著明年今天的來臨。

我偷瞄了坐在我隔壁座位的關子㴬一眼，想起喝醉了的那天晚上，自己情不自禁地抱住他的畫面，當時心裡那種溫暖的感覺又冉冉地升起。

那天之後，我並沒有承認也沒有提起過那個擁抱，只是一味地假裝喝醉了什麼也不記得。雖然，在抱住他的那一刻，那種我的心與他的心這麼靠近的感覺，早讓我確定了自己是喜歡他的。

從好久好久以前開始注意他，到後來、到現在，早就超越了喜歡的喜歡。

我並沒有告白的打算，因爲我從來就沒有淨霞的勇敢。我的潛意識裡其實很害怕會因爲我的告白，破壞了我和關子㴬目前的朋友關係。

再說，和關子㴬這麼優秀又帥氣的男孩交往的，應該是個漂亮或是有氣質的女孩，怎麼想，都不會是我這種書呆子的，不是嗎？

所以我選擇靜靜在他的身邊，維繫著他所說的「不必喊破喉嚨就會出現」的友誼，小心藏好自己對他的喜歡，努力不讓他發現我心裡對他超越了友情界線的感情。

「優等生上課也不專心喔！」關子㴬咳了咳，然後小聲地對我說。

我聳聳肩，笑了笑，「被抓到了。」

「等一下我們一起蹺課好不好？」

「蹺課？」我睜大眼睛，偷瞄了台上的老師一眼，「爲什麼？」

「因爲我怕我一個人蹺課的話，妳這個依賴鬼會不知所措啊！」

我對他吐了吐舌頭，本想反駁他，卻突然覺得哪裡不太對勁……

依賴鬼？這個名詞不是只有我和淨霞聊天的時候才會說到的嗎？如果是巧合，那爲什麼喝醉了的那天晚上，他也會巧合地說出「依賴鬼陳以星」？我記得我從來沒有跟他提過淨霞這樣叫我，難道是淨霞告訴他的嗎？

「你怎麼會知道淨霞都這麼叫我啊？」

「怎麼叫妳？」

「依賴鬼陳以星啊。」

他停頓了幾秒，然後回答，「我隨口說說的，我不是也只有這次這樣叫妳嗎？」

「這是第二次了……」

「有嗎？」

「有啊！那天晚上你明明……」我半信半疑地看著他，如果我還記得，他也應該有印象吧。

他揚起了眉，一副很故意的模樣，「哪天晚上？」

哼，差點就中了他的計。

我嘻嘻地笑了笑，早就決定打死不承認，想假裝忘記那天晚上抱住了他的舉動，這下差點就露了餡。

「沒有啦！」

「嗯哼，沒有就好，」他點點頭，詭異地笑了，我猜聰明的他早料到了我想說的話，只是他還是選擇和往常一樣給了我台階下，「好啦！可以答應陪我蹺課嗎？」

「可是……」

「別可是了，拜託啦！我想請妳陪我去一個地方。」

「……」一方面我從沒蹺過課，一方面我又不想錯失能和他相處的機會。我陷入難以決定的交戰。

「算我求妳嘛。」

我吐了一口氣，「好吧。」

「這節下課，我們一起離開。」

「嗯。」點點頭，我答應他，離下課還有十五分鐘，而我的心情已經莫名地緊張起來了。

47

「我以為阿飛也要一起來的。」我坐在後座，納悶地看著後視鏡裡的他。

「沒有，他說他想回家睡覺。」

「阿飛一定比我還想念淨霞。」我看著阿飛騎遠了的背影，有感而發地說。

淨霞離開後，阿飛在班上搞笑的次數明顯比從前少了很多。

「當然啊！我看得出來，阿飛對淨霞是非常認眞的。」

「那……」

「怎麼了？」

「你覺得阿飛和淨霞的感情，可以跨越距離的障礙嗎？」

「我想可以，雖然我不是當事人。」

「你記不記得我跟你說過逛羅東夜市那天晚上，我和淨霞聊天聊很晚的事？」

「記得。」

「那時淨霞就告訴她和阿飛已經互相告白了，那時候淨霞不願意交往我覺得很可惜，還想說服淨霞改變主意。」

「然後呢？」

「後來的我認真地想了想，發現換成是我，應該也會做這樣的決定吧！搞不好，連表明自己的心意都不敢！」

「嗯哼……」

「淨霞是因為不想拿彼此交往的承諾綁住阿飛，她不願意讓阿飛辛苦地等待，但我不是。」

「那妳的考量是？」

「我想是因為我沒那個自信。」我苦笑了一下，「我沒有那種覺得自己可以被誰等待，或是覺得有誰會願意等我的自信。」

在我的話之後，他沒有再開口，直到過了好幾個路口，我才又打開話匣子，

「那……我們到底要去哪裡啊？」

「等會兒妳就知道了。」

「喔。」

「以星，我想要騎快一點，妳要抓好喔！」

「好……」我的手緊緊抓在他的腰上。

接著，他便以快一點的速度往前市區的方向騎去。不管我問了幾次我們究竟要去哪

裡，他卻始終相當保密地不提半個字。

騎了大約半小時左右，他的速度才慢下來，把車停在某個收費停車場裡。

我下了車，看看附近的店家，「我們要去哪裡？」

他也下了車，把安全帽脫掉，接過我的安全帽，「祕密。」

「什麼祕密啦！」我皺了皺眉，心裡的納悶愈來愈龐大。

他依然沒有回答我，只是看了看手腕上的機械錶，「已經超過預約的時間了，走吧。」

他拉起我的手，以小跑步的方式帶著我過了馬路。

48

「喜歡這樣的髮型嗎？」出了髮廊之後，關子滐微笑地問我。

「嗯。」我點點頭，又新奇地往髮廊的透明玻璃門上照了照，從沒想過這樣漂亮的髮型會出現在自己身上。

「喜歡就好，」他帥氣地笑了笑，「再帶妳去一個地方。」

「還要去哪裡啊？」

「配一副隱形眼鏡。」

「隱形眼鏡？」我記得他有一次傳簡訊說我不戴眼鏡其實也很好看。

「是啊，妳不是一直想要變得有自信一點嗎？要變得有自信，我們就從小地方開始，先來個改變大作戰。」

「改變醜女大作戰嗎？」因爲太驚喜的緣故，我順勢開了自己的玩笑。

「不！是改變星星大作戰。」他笑了笑，「走吧。」

我們繞到附近的眼鏡行配了隱形眼鏡之後，才離開市區，往我住處的回程路上前進。

就這樣，在關子澿製造的驚喜中，我毫無心理準備地換了髮型，而且明天拿回隱形眼鏡之後，往後的我還會帶上新的隱形眼鏡，慢慢進行關子澿的「改變星星大作戰」。

雖然戴著安全帽，但坐在後座的我還是不時地偷瞄後視鏡，興奮得想看看自己做了整理而且染了顏色的新髮型。

也許因爲偷看鏡子的頻率太高，有好幾次，我都因爲正巧迎上關子澿的目光而不好意思地移開我視線，然後偷偷希望他不會猜到我在偷看髮型的舉動。

「等會兒回去的時候，順便到學校附近的那家便利商店買幾包洋芋片和飲料，到妳住的地方去。」

「怎麼突然想吃洋芋片啊？」

「先賣個關子，」他的臉上閃過一抹神祕的笑，「對了，妳眞的喜歡這樣的改變吧？」

「嗯，謝謝你，」我點點頭，「對了，等一下繞到郵局，我領個錢給你，不好意思，今天我沒帶什麼錢。」

「不用。」

「不行，這是用在我身上的，所以……」

「眞的不用，我不介意的。」

「可是……」

「別可是了，就算是我送妳的禮物吧！」

「可是，送禮物也不能送得莫名其妙啊！總要有個名目吧。」我皺起了眉，苦惱著該如何說服他。

「名目啊……」

「是啊！而且要強而有力喔。」爲了讓他接受我的錢，我努力地說服著。

「硬要有個名目，而且又必須強而有力的話……」，他停頓了好幾秒，還放慢了騎車的速度，「我喜歡妳，這樣的名目夠不夠強而有力？」

「你……你說什麼？」我不敢相信地再問了一次，但其實我已經聽清楚了他說的那四個字。

我只是想再聽一次，想更確定一點。

「妳想做的事，無論如何我都會盡最大的努力幫妳。妳想改變、想更有自信，我一定也會義無反顧地陪著妳努力。」

「關子潾……」突然，我又紅了眼眶。

「其實我從來不覺得原本的妳看起來是書呆子，但是淨霞告訴我，妳很在意人家這樣說，所以我才決定安排今天的驚喜。」

「謝謝你，眞的。」

「不客氣，我只希望妳會開心，然後做一個獨特的陳以星，做個被我守護在手掌心的星星。」

「謝謝你。」我的眼淚終於不可遏抑地落了下來，「爲什麼，像你這麼引人注目的人，會……會喜歡……我呢？」

「我喜歡妳散發出來的氣質，那種靜靜的、不喜歡與人爭什麼的個性，而且每次看妳害羞不好意思的樣子，我就覺得很可愛。」

「是嗎？」

「嗯。」

「其實，我從很久之前就開始注意妳了。」

「爲什麼？」我驚訝地拋出問句，從沒想過自己也會是關子滐注意的對象。

「一開始會注意到妳，其實是帶了些好奇和納悶的。」他呵呵地笑了笑，從後視鏡看了睜大眼睛的我一眼後，他又繼續他的話題，「當時會覺得，這個女孩子怎麼可以安靜成這樣！」

我皺了皺眉，「有這麼誇張嗎？」

「就是這麼誇張，」他又笑了。

「所以……那……」因爲不好意思，我把視線從後視鏡移開，「你是從什麼時候開始……開始……喜歡上我的？」

「其實是一天一天無形中慢慢開始的，我恐怕無法說個正確的時間點，不過這段時間和妳相處，我更加確定自己眞的愈來愈喜歡妳了。」

「好陰險喔！什麼都沒跟我說。」我忍不住抱怨，但心裡甜甜的。

「上次不是提了一大包魯味去妳住的地方嗎？之所以衝動地跑去找妳，其實是因爲想和妳一起吃晚餐，想要妳陪著我。」

「不是因爲阿飛……」我想起了他那時候對我說的藉口。

「不是。」

「關子洜！」我低吼了一聲，發現自己在愛情的領域裡，還眞的是幼稚園的程度。

他哈哈地笑著，「還有，妳知道爲什麼我會提議等一下要去便利商店嗎？」沒等到我的回答，他繼續說著，「因爲那是我們的開始。」

「開始？」我吸吸鼻子，腦子裡隨即浮現一年多之前在便利商店遇見他的畫面，「你記得……」

「是啊！」他輕輕地笑了一聲，「那種臉紅的可愛模樣，我一直都記得。」

「關子洜……」在後座，我緊緊地抱住了他，緊緊地。

靠在他寬厚的背上，我才頓時發現，當我察覺自己喜歡上關子洜，而決定小心翼翼地默默守候在他身邊時，卻始終沒發現其實從好久以前開始，他就是用一種沉默而且溫柔的方式守候著我了。

而我這個大笨蛋，竟然現在才發現。

【全文完】

商周出版叢書目錄

網路小說系列

書　號	書　　　　名	作　　者	定　價
BX4001	妹妹	堅果餅乾	180
BX4002	You are not alone, 因為有我	魔法妹	180
BX4003	只在上線時愛你	Yuniko	180
BX4004	我的 Mr. Right	Prior (噤聲)	180
BX4005	貓空愛情故事	藤井樹	180
BX4006	祕密	Hinder	180
BX4007G	我們不結婚，好嗎	藤井樹	200
BX4008	蟑螂與北一女	Cleanmoon	180
BX4009	看見月亮在笑偶	湯米藍	180
BX4010	曖昧	Kit (林心紅)	180
BX4011	這是我的答案	藤井樹	180
BX4012	藍色月亮	堅果餅乾	180
BX4013	我們勾勾手	Hinder	180
BX4014	遇見你	Sunry	180
BX4015	日光燈女孩	Tamachan	180
BX4016	阿夜的玫瑰還有我	月亮海	180
BX4017	我不是他太太	Kit (林心紅)	180
BX4018	白帶魚的季節	Sephroth	180
BX4019	我是男生，我是女生	Seba (蝴蝶)	180
BX4020	有個女孩叫 Feeling	藤井樹	260
BX4021	糖果樹情話	吐司 (truth)	180
BX4022	對面的學長和念念	晴菜 (Helena)	180
BX4023	尋翔啟示	Hinder	180
BX4024	愛在西灣的日子	BLACKJACKER	180
BX4025	Your heart in my heart	Siruko (靜子)	180
BX4026	新婚試驗所	Sunry	180
BX4027	銀色獵戶座	薄荷雨	180
BX4028	十七歲的法文課	阿亞梅 (Ayamei)	180

BX4029	真的，海裡的魚想飛	晴菜（Helena）	180
BX4030	聽笨金魚唱歌	藤井樹	180
BX4031	沒有愛情的日子	Kit (林心紅)	180
BX4032	暗戀	堅果餅乾	180
BX4033	有種感覺叫喜歡	Vela (婉真)	180
BX4034	心酸的幸福	Sunry	180
BX4035	深藏我心的愛戀	Yuniko	180
BX4036	長腿叔叔二世	晴菜 (Helena)	180
BX4037	孤寂流年	麗子	180
BX4038	純真的間奏	薄荷雨	180
BX4039	那個人	Skyblueiris	180
BX4040	大度山之戀	穹風	180
BX4041	從開始到現在	藤井樹	180
BX4042	不穿裙子的女生	布丁（Putin）	180
BX4043	聽風在唱歌	穹風	180
BX4044	盛夏季節的女孩們	堅果餅乾	180
BX4045	B 棟 11 樓	藤井樹	180
BX4046	小雛菊	洛心	180
BX4047	巾幗鬚眉	Maga	180
BX4048	那個夏天	Sunry	180
BX4049	不要叫我周杰倫	布丁（Putin）	180
BX4050	Say Forever	穹風	180
BX4051	夏飄雪	洛心	180
BX4052	裸足之舞	夜之魔術師	180
BX4053	青梅愛竹馬	Trsita	180
BX4054	我在故事裡愛你	Vela	180
BX4055	這城市	藤井樹	180
BX4056	夏天，很久很久以前	晴菜 (Helena)	180
BX4057	紅茶豆漿	Singingwind	180
BX4058	Magic 7	Kit (林心紅)	180
BX4059	雨天的呢喃	貓咪詩人	180
BX4060	黑人	Killer	180
BX4061	不是你的天使	穹風	180

BX4062	你在我左心房	Sunry	180
BX4063	天使棲息的窗口	晴菜 (Helena)	180
BX4064	月光沙灘	薄荷雨	180
BX4065	圈圈叉叉	穹風	180
BX4066	我的學弟是系花	布丁(Putin)	180
BX4067	Because of You	穹風	180
BX4068	我的理工少爺	阿古拉	180
BX4069	十年的你	藤井樹	180
BX4070	天堂鳥	Singingwind	180
BX4071	18℃的眷戀	Sunry	180
BX4072	人之初	洛心	180
BX4073	在那天空的彼端	貓咪詩人	180
BX4074	妳身邊	阿古拉	180
BX4075	好想你	晴菜(Helena)	180
BX4076	幸福時光	夜之魔術師	180
BX4077	後座傳說	蘋果米(csshow)	180
BX4078	下個春天來臨前	穹風	180
BX4079	期待一場薄荷雨	薄荷雨(peppermint)	180
BX4080	學長好	阿晨	180
BX4081	空氣與相簿	Killer	180
BX4082	魚是愛上你	ismoon (月升)	180
BX4083	圖書館少女夢	布丁(Putin)	180
BX4084	微風中的氣息	妤珩	180
BX4085	彈子房	Micat	180
BX4086	心跳	晴菜(Helena)	180
BX4087	約定	穹風	180
BX4088	寂寞之歌	藤井樹	180
BX4089	老大	布丁(Putin)	180
BX4090	來場戀愛吧！	蘋果米(showcs)	180
BX4091	晴空私語	貓咪詩人	180
BX4092	隱形的翅膀	Trista	180
BX4093	搜尋愛情	薩芙	180
BX4094	十字路口的愛情	Vela	180

BX4095	子夜	singingwind	180
BX4096	羽毛	Delia	180
BX4097	簡單就是美	蘋果米(showcs)	180
BX4098	勇氣	Killer	180
BX4099	紀念	穹風	180
BX4100	第二次的親密接觸	布丁(Putin)	180
BX4101	六弄咖啡館	藤井樹	220
BX4102	遺忘之森	晴菜(Helena)	200
BX4103	告別 月光	穹風	200
BX4104	天堂裡的候鳥	Vela (海揚)	180
BX4105	FZR 女孩	穹風	200
BX4106	低空飛翔的愛情	Sunry	180
BX4107	思念，懸在耳邊	Yuniko	180
BX4108	手裡的溫柔	青庭	180
BX4109	夏日之詩	藤井樹	220
BX4110	花的姿態	穹風	200
BX4111	甜蜜惡作劇	史坦利	180
BX4112	是幸福，是寂寞	晴菜(Helena)	200
BX4113	愛•不落	Micat	180
BX4114	藏在抽屜的夏天	青庭	180
BX4115	夜空	佩佩蘭	180
BX4116	三分之一未滿的愛情	killer	180
BX4117	人魚王子	nanaV	180
BX4118	愛情急轉彎	雪倫	180
BX4119	我的斯斯男	溫暖 38 度 C	180
BX4120	暮水街的三月十一號	藤井樹	220
BX4121	告別的年代	穹風	180
BX4122	因為	Micat	180
BX4123	追求	青庭	180
BX4124	管家婆	蘋果米(showcs)	180
BX4125	嗨，bye bye	Sunry	180
BX4126	左掌心的思念	穹風	200
BX4127	夜光	薄荷雨(peppermint)	180

BX4128	藍色	霜子	200
BX4129	第一千個夏天	柳豫	180
BX4130	第三個不能說的願望	青庭	180
BX4131	紅野狼	Joeman	200
BX4132C	流浪的終點	藤井樹	260
BX4133	雨停了就不哭	穹風	200
BX4134	那些愛，和那些寂寞的事	雪倫	180
BX4135	又見晴天	nanaV	180
BX4136	破襪子	霜子	180
BX4137	愛•原來	Micat	180
BX4138	非法移民	阿亞梅	180
BX4139	燦燦	Sunry	180
BX4140	水蜜桃男孩	溫暖 38 度 C	180
BX4141	7 點 47 分，天台上	穹風	200
BX4142	愛，拐幾個彎才來	青庭	200
BX4143	搭便車	霜子	180
BX4144	最後一顆，櫻桃	史坦利	200
BX4145	青春待續	Killer	180
BX4146	晴天的彩虹	穹風	200
BX4147	那個像馬爾濟斯的女孩	妤珩	180
BX4148	流轉之年	藤井樹	220
BX4149	噓……寂寞不能說	雪倫	180
BX4150	守候	Micat	180

◎郵政劃撥訂購方式：

戶名：書虫股份有限公司

劃撥帳號：19863813

請至郵局索取劃撥單，填上戶名以及劃撥帳號，並於劃撥單背面寫上欲購買的書籍之詳細書名、本數、您的大名、聯絡電話與寄書地址，在郵局櫃檯直接付款。

劃撥購買恕不折扣。

國家圖書館出版品預行編目資料

守候／Micat著. -- 初版. -- 臺北市：商周，城邦文化出版；家庭傳媒城邦分公司發行, 民 99.04
面 ； 公分 --（網路小說；150）

ISBN 978-986-6285-55-4（平裝）

857.7 99004600

守候

作　　者／Micat
企畫選書人／陳思帆
責 任 編 輯／陳思帆

版　　權／翁靜如
行 銷 業 務／朱書霈、蘇魯屏
總　編　輯／楊如玉
總　經　理／彭之琬
發　行　人／何飛鵬
法 律 顧 問／台英國際商務法律事務所　羅明通律師
出　　版／商周出版
台北市中山區民生東路二段 141 號 9 樓
電話：(02) 2500-7008　傳眞：(02) 2500-7759
blog：http://bwp25007008.pixnet.net/blog
email：bwp.service@cite.com.tw
發　　行／英屬蓋曼群島商家庭傳媒股份有限公司城邦分公司
聯絡地址：台北市中山區民生東路二段 141 號 2 樓
書虫客服服務專線：(02) 25007718・(02) 25007719
24小時傳眞服務：(02) 25001990・(02) 25001991
服務時間：週一至週五09:30-12:00・13:30-17:00
郵撥帳號：19863813　戶名：書虫股份有限公司
讀者服務信箱 email：service@readingclub.com.tw
城邦讀書花園網址：www.cite.com.tw
香港發行所／城邦（香港）出版集團有限公司
地址：香港灣仔駱克道 193 號東超商業中心 1 樓
email：hkcite@biznetvigator.com
電話：(852)25086231　傳眞：(852) 25789337
馬新發行所／城邦（馬新）出版集團 Cité(M)Sdn. Bhd.
41, Jalan Radin Anum, Bandar Baru Sri Petaling,
57000 Kuala Lumpur, Malaysia.
電話：(603) 90578822　傳眞：(603) 90576622
email:cite@cite.com.my

版 型 設 計／小題大作
封 面 插 圖／文成
封 面 設 計／山今伴頁
電 腦 排 版／浩瀚電腦排版股份有限公司
印　　刷／高典印刷有限公司
總　經　銷／高見文化行銷股份有限公司
電話：(02)2668-9005　傳眞：(02)2668-9790
客服專線：0800-055-365

■ 2010 年（民 99）4月6日初版
■ 2014年6月9日初版4刷

Printed in Taiwan

城邦讀書花園
www.cite.com.tw

定價／180元

ISBN　978-986-6285-55-4

商周出版

廣告回函
北區郵政管理登記證
台北廣字第000791號
郵資已付，免貼郵票

104台北市民生東路二段 141 號 2 樓

英屬蓋曼群島商家庭傳媒股份有限公司　城邦分公司

請沿虛線對摺，謝謝！

商周出版

書號：BX4150　　書名：守候　　編碼：

請於此處用膠水黏貼

商周出版

讀者回函卡

感謝您購買我們出版的書籍！請費心填寫此回函卡，我們將不定期寄上城邦集團最新的出版訊息。

不定期好禮相贈！
立即加入：商周出版
Facebook 粉絲團

姓名：＿＿＿＿＿＿＿＿＿＿＿＿＿＿＿＿　性別：□男　□女

生日：西元＿＿＿＿＿＿年＿＿＿＿＿＿月＿＿＿＿＿＿日

地址：＿＿＿＿＿＿＿＿＿＿＿＿＿＿＿＿＿＿＿＿＿＿＿＿

聯絡電話：＿＿＿＿＿＿＿＿＿＿＿＿　傳真：＿＿＿＿＿＿＿＿＿＿

E-mail：

學歷：□ 1. 小學 □ 2. 國中 □ 3. 高中 □ 4. 大學 □ 5. 研究所以上

職業：□ 1. 學生 □ 2. 軍公教 □ 3. 服務 □ 4. 金融 □ 5. 製造 □ 6. 資訊
□ 7. 傳播 □ 8. 自由業 □ 9. 農漁牧 □ 10. 家管 □ 11. 退休
□ 12. 其他＿＿＿＿＿＿＿＿＿＿＿＿＿＿＿＿

您從何種方式得知本書消息？

□ 1. 書店 □ 2. 網路 □ 3. 報紙 □ 4. 雜誌 □ 5. 廣播 □ 6. 電視
□ 7. 親友推薦 □ 8. 其他＿＿＿＿＿＿＿＿＿＿＿＿

您通常以何種方式購書？

□ 1. 書店 □ 2. 網路 □ 3. 傳真訂購 □ 4. 郵局劃撥 □ 5. 其他＿＿＿

您喜歡閱讀那些類別的書籍？

□ 1. 財經商業 □ 2. 自然科學 □ 3. 歷史 □ 4. 法律 □ 5. 文學
□ 6. 休閒旅遊 □ 7. 小說 □ 8. 人物傳記 □ 9. 生活、勵志 □ 10. 其他

對我們的建議：＿＿＿＿＿＿＿＿＿＿＿＿＿＿＿＿＿＿＿＿＿＿＿＿
＿＿＿＿＿＿＿＿＿＿＿＿＿＿＿＿＿＿＿＿＿＿＿＿
＿＿＿＿＿＿＿＿＿＿＿＿＿＿＿＿＿＿＿＿＿＿＿＿

請於此處用膠水黏貼